보이체크·당통의 죽음

Woyzeck · Dantons Tod

세계문학전집 309

보이체크·당통의 죽음

Woyzeck · Dantons Tod

게오르크 뷔히너

홍성광 옮김

민음사

차례

보이체크

등장인물

프란츠 보이체크
마리
아이
대위
의사
군악대장
하사관
안드레스
마르그레트
호객꾼
떠버리 장사치
손풍금 연주하는 노인
춤추는 아이
유대인
술집 주인
견습공 1
견습공 2
바보 카를
케테
할머니
아이 1, 2, 3
사람 1, 2
법원 직원
이발사
재판관
군인들, 대학생들, 젊은이들, 처녀들, 아이들, 사람들

1장

탁 트인 들판. 멀리 보이는 도시.
보이체크와 안드레스가 덤불에서 나무줄기를 자르고 있다.

보이체크   이봐, 안드레스, 저긴 아주 기분 나빠. 저기 버섯이
        자라는 풀밭에 줄무늬가 번쩍이는 거 보이지. 밤이면
        저기서 해골이 굴러다녀. 한번은 누가 고슴도치인 줄
        알고 집어 들었다지. 그랬다가 사흘 밤낮 동안 반쯤 죽
        다 살아났대. (소리를 죽여) 안드레스, 프리메이슨[1] 단
        원들이 왔다 갔어! 난 알아, 프리메이슨 단원들이야!
안드레스   (노래한다.)

---

1) 범세계적으로 인도주의와 관용 정신을 구현하려 한 단체. 독일에서는 1737년
부터 결성되기 시작했다.

저기 두 마리 토끼가 앉아

푸른 풀을 뜯어 먹네. 푸른 풀을.[2]

보이체크　쉿! 무슨 소리 들리지? 뭐가 움직여!

안드레스　푸른 풀을 뜯어 먹네, 푸른 풀을,

푸른 잔디만 남을 때까지.

보이체크　내 뒤에서 움직였어, 내 밑에서. (발로 땅바닥을 구른다.) 비어 있어, 들려? 이 아래는 텅 비었어! 프리메이슨 단원들이야!

안드레스　겁나는데.

보이체크　너무 조용해. 아, 숨 막히는걸. 안드레스!

안드레스　뭐?

보이체크　무슨 말 좀 해 봐! (주위를 뚫어지게 바라본다.) 안드레스! 참 환하구나! 도시 위엔 온통 불길이 이글거려! 하늘엔 불꽃이 일고, 계속 나팔 소리 같은 게 들려.[3] 점점 가까이서 들리는 것 같아. 가자! 뒤돌아보면 안 돼![4]

(덤불 속으로 안드레스를 끌고 간다.)

안드레스　(잠시 후) 보이체크! 아직 소리가 들려?

보이체크　조용하군, 마치 세상이 죽은 듯 모든 게 조용해.

────────────────

2) 독일 민요.

3) 「요한 계시록」의 지구 종말, 그리고 「창세기」의 소돔과 고모라를 연상시킨다.(「요한 계시록」 8장 7절 이하 및 「창세기」 19장 24~26절 참조.)

4) 「창세기」 19장 26절 "롯의 아내는 뒤를 돌아본 고로 소금기둥이 되었더라."에서 인용.

안드레스   저 소리 들려? 그들이 북을 치는 소리야. 돌아가야
겠어!

2장

도시.
창가에서 아이를 안고 있는 마리. 마르그레트.
군악대장을 앞세우고 귀영을 알리는 군인 무리가 지나간다.

마리　　(팔에 안은 아이를 어르며) 얘, 아가야! 우 루 루 루! 들
　　　　리니? 저기 군인들이 온단다!
마르그레트　　와우, 저 남자 좀 봐. 우뚝 솟은 나무 같아.
마리　　떡 버티고 선 모습이 사자 같은걸.

(군악대장이 인사한다.)

마르그레트　　어머, 어쩜 저렇게 상냥하게 굴지, 모르는 여자한
　　　　테! 저런 눈빛은 처음이야.

마리   (노래한다.)

　　　　군인들, 멋진 사나이…….

마르그레트   당신 눈에서 아직 광채가 나는데.

마리   그래서 어떻다는 거예요! 당신 눈도 빼서 유대인에게

　　　　갖다 주지그래요. 그러면 광이 나게 닦아서 단추로 팔

　　　　아 치울 수 있을 텐데요.

마르그레트   뭐라고? 뭐라고 그랬어? 새파랗게 젊은 여자야!

　　　　나는 정숙한 여자야! 하지만 다들 알듯이, 새댁은 가

　　　　죽 바지 일곱 벌쯤은 뚫고 추파를 보낼 여자잖아.

마리   천한 것 같으니! (창문을 쾅 닫는다.) 아가야, 사람들이

　　　　뭐래도 상관하지 마. 넌 후레자식일망정, 너의 미덥지

　　　　않은 얼굴이 이 엄마에겐 기쁨이란다. 루! 루!

　　　　(노래한다.)

　　　　아가씨, 지금 무얼 하시나요?

　　　　아비 없는 자식을 두었나요?

　　　　아니, 내가 그런 걸 다 묻다니.

　　　　밤새도록 노래나 불러야겠어.

　　　　자장자장 우리 아가, 까꿍!

　　　　이 세상에 둘도 없는 우리 아가.

　　　　한스야, 여섯 마리 백마는 매어 두고,

　　　　먹을 걸 새로 갖다 주려무나.

　　　　귀리도 먹지 않고,

　　　　맹물도 안 마시고,

시원한 포도주여야만 마신단다, 야호!

시원한 포도주여야만 마신단다.

(창문 두드리는 소리.)

마리　　누구예요? 프란츠, 당신이야? 들어와!

보이체크　안 돼, 점호받으러 가야 해.

마리　　대위를 위해 나무줄기를 잘랐어?

보이체크　그래, 마리.

마리　　무슨 일 있어, 프란츠?

보이체크　(은밀히) 마리, 다시 뭔가 큰일이 터졌어. 유례가 없
　　　　는 일이야. 난로에서 나는 연기처럼, 저기 땅에서 연
　　　　기가 피어오르지?

마리　　프란츠!

보이체크　도시까지 내 뒤를 쫓아왔어. 그게 뭘까?

마리　　프란츠!

보이체크　난 가야겠어. (떠난다.)

마리　　저런! 저렇게 정신이 없다니. 제 자식은 거들떠보지도
　　　　않고! 뭐에 씌었나 봐. 아가, 왜 이렇게 조용하니? 겁
　　　　이 나니? 날이 어두워졌어. 눈앞이 보이지 않는 것 같
　　　　아. 다른 때 같으면 가로등 빛이라도 들어올 텐데. 아,
　　　　견딜 수 없어. 소름 끼치는걸!

　　　　(퇴장한다.)

3장

광장, 가설극장, 불빛, 사람들.
노인이 손풍금을 켜며 노래하고, 아이는 이에 맞춰 춤춘다.

노인   세상만사는 뜬구름 같은 것,

       우린 다 죽어야 할 몸이야,

       그야 누구나 익히 아는 거지.

       야! 우! 불쌍한 사람! 나이 든 사람! 불쌍한 아이! 어
       린아이! 애처로운 축제군! 이봐! 마리, 내가……. 사
       람이란 이성적인 바보가 분명해. 그러니 이렇게 말하
       지. 우스꽝스러운 세상! 멋진 세상!

호객꾼 (가설극장 앞에서) 신사 숙녀 여러분, 여기서 천문학을
       아는 말과 조그만 카나리아를 볼 수 있습니다. 전 유

럽 군주들의 총애를 받는 녀석들로, 학회 회원이기도 하죠. 사람들 나이며 자녀 수며 병명이며 뭐든지 다 알아맞히지요. 원숭이는 권총도 쏠 줄 알고, 한 다리로 설 줄도 알지요. 다 교육의 결과지요! 이들에겐 동물적 이성이 있고, 이성적 동물성도 있어요. 이들은 인간처럼 우둔하지 않습니다. 존경하는 관객 여러분을 제외하고 말입니다. 신사 숙녀 여러분, 자, 들어오세요. 공연이 시작됩니다, 곧 1부가 시작되겠어요. 여러분은 문명의 진보를 보실 겁니다. 모든 게 진보하지요. 말도, 원숭이도, 카나리아도! 원숭이는 벌써 군인이 되었지만, 아직 멀었지요. 인간의 가장 낮은 단계에 지나지 않으니까요!

신사 기괴해! 너무 기괴해!

대학생 당신도 무신론자입니다! 나는 교조적인 무신론자입니다.

그게 기괴한가요? 나는 기괴한 것의 친구입니다. 저기 보이죠? 얼마나 기괴한 효과를 냅니까?

난 교조적인 무신론자입니다.

신사 기괴해.

하사관 잠깐! 저기 저 여자 좀 봐! 잘빠졌는걸!

군악대장 제기랄! 기병 연대의 씨를 퍼뜨리는 데나, 군악대 실습용으로 딱인데!

하사관 저 여자 머리 좀 봐. 검은 머리칼은 옆으로 드리워야 할 텐데. 그리고 저 까만 눈동자……

군악대장　우물이나 굴뚝 속을 들여다보는 기분이야. 자, 따라
　　　　　가자고!
마리　　아, 불빛이 눈부셔…….
보이체크　그래! 눈빛이 이글거리는 고양이들 같아. 음, 희한
　　　　　한 밤이야!

4장

가설극장 안.

떠버리 장사치　(말을 보여 주며) 자, 너의 재주를 보여 주렴! 동물로서 너의 이성적 태도를 말이야! 인간 사회를 창피하게 해 봐! 여러분, 여러분이 보고 계시는 이 동물은 몸에 꼬리가 달렸고, 네 발굽을 달고 다닙니다만, 학회 일원이고, 우리 대학 교수입니다. 대학생들은 이 녀석에게서 말타기와 발길질을 배우고 있습니다. 그건 단순한 이성에 지나지 않았습니다. 자, 그럼 이중 이성으로 생각해 봐! 이중 이성으로 생각할 때, 넌 뭘 하지? 그 학회에 나귀도 있느냐? (말이 고개를 흔든다.) 이 이중 이성을 보셨나요? 이 말은 짐승의 모습을 한 사람입니다. 정말이지, 짐승처럼 우둔한 녀석은 아닙니다.

이 녀석은 인간이고 사람이며 짐승 같은 사람입니다. 하지만 짐승은 짐승이군요. (말이 제멋대로 행동한다.) 자, 그럼 인간 사회를 창피하게 해 주렴! 보십시오, 이 녀석은 아직 자연 그대로의 모습, 이상적이지 않은 자연입니다! 이 녀석한테서 배우십시오! 하지만 의사한테 물어보는 것은 위험천만한 일입니다. '인간이여, 자연으로 돌아가라.'라는 말이 있습니다. 너희는 먼지, 모래, 똥으로 만들어졌는데, 먼지, 모래, 똥 이상이기를 바라는가? 이성이 뭔지 보십시오. 이 녀석은 셈을 할 수 있지만, 손가락으로 헤아리지는 못합니다. 무엇 때문일까요? 자신의 의사를 피력하지 못해, 설명하지 못할 뿐입니다. 모습이 바뀐 사람입니다. 저분들께 말해 봐, 몇 시인지! 시계, 신사 숙녀 여러분 중에 누구 시계 있는 분 없습니까?

하사관 시계 말인가요? (몹시 거드름을 피우며 주머니에서 시계를 꺼낸다.) 자, 여기 있습니다!

마리 좀 봐야겠어요. (일등석으로 올라간다. 하사관이 그녀를 거들어 준다.)

5장

마리의 방.
마리가 아이를 무릎에 안고 있다. 손에는 조그만 거울 조각을
쥐고 있다.

마리   (거울 속 자기 모습을 본다.) 보석은 왜 번쩍이지? 무슨
       보석일까? 그 남자가 뭐랬더라? 아가야, 자라! 두 눈
       꼭 감고. (두 손으로 아이 눈을 가린다.) 더 꼭! 가만히 이
       러고 있어. 조용히 하지 않으면 잡혀간단다.
       (노래한다.)
       아가씨, 창문을 닫아요,
       집시 총각이 와서
       아가씨 손을 붙잡고
       집시 나라로 데려간대요.

(다시 거울을 본다.) 분명히 금이겠지! 이 세상 우리 손에 쥐인 건, 조그만 거울 한 조각밖에 없어. 하지만 내 입술은 붉어. 온몸을 비춰 볼 수 있는 거울이 있고 멋진 귀족들이 손에 입맞춤해 주는 귀부인들 못지않게. 그런데 나야 가난한 여편네일 뿐이지. (아이가 몸을 일으킨다.) 가만있어, 아가야, 눈 감고!

잠귀신 온다! 저 벽에서 돌아다니고 있지. (거울을 벽에 비춘다.) 눈 감아. 잠귀신이 네 눈을 들여다보면 넌 장님이 된단다.

(보이체크, 안으로 들어와서 마리 뒤에 선다. 그녀는 펄쩍 놀라 두 손으로 귀를 가린다.)

보이체크 그게 뭐지?

마리 아무것도 아니야.

보이체크 손가락 사이에 번쩍거리는 게 있는데.

마리 잃어버렸던 귀고리를 찾았어.

보이체크 전에 못 보던 건데, 한꺼번에 두 개나?

마리 그럼 내가 질 나쁜 여자란 말이야?

보이체크 그만 됐어, 마리. 애가 잠들었군. 잘 눕혀. 의자에 몸이 배기겠어. 이마에 땀방울이 송알송알 맺혔네. 태양 아래 모든 게 일이야. 자면서도 땀을 흘리다니. 우리 같은 가난한 사람들이야! 다시 돈이 나왔어. 중대장이 준 급료야.

마리   정말 고마워, 프란츠.

보이체크   이제 가야겠어. 오늘 밤에 봐, 마리! 다녀올게.

마리   (잠시 후 혼자) 내가 나쁜 년이지! 칼로 찔러 죽어 버릴
        까. 아, 원, 세상에! 다들 지옥에나 가라지, 사내든 계
        집이든!

6장

대위의 집.
대위가 의자에 앉아 있고, 보이체크가 그를 면도해 준다.

대위 천천히, 보이체크, 천천히, 하나씩 차근차근! 나를 완
전히 어지럽게 하는군! 그렇게 금방 끝내 버리면 남는
십 분 동안 뭘 하라는 말인가? 보이체크, 생각 좀 해
봐. 자넨 앞으로 삼십 년은 족히 살아야 해. 삼십 년!
달로 치면 삼백육십 개월이고. 날로 시간으로 분으로
따져 봐! 이 엄청난 시간을 뭘로 때울 건가? 잘 쪼개
서 쓰게, 보이체크.

보이체크 네, 대위님.

대위 영원이란 걸 생각해 보면, 세상이 무척 걱정스러워져.
일에 매달려야 해, 보이체크, 일에 매달려야 해! 영원,

그게 영원한 거지. 영원한 거야. 자네도 알겠지. 하지
만 영원하지 않을 수도 있어. 그건 순간이야, 그래, 순
간이야. 보이체크, 지구가 하루에 한 바퀴씩 돈다는
걸 생각하면 소름이 끼쳐. 말짱 시간 낭비야! 그래서
어쩌란 말이야? 보이체크, 난 물레방아 도는 걸 더는
못 보겠어. 그러다간 우울해질 거야.

보이체크　네, 대위님.

대위　보이체크, 자네는 늘 너무 쫓기는 것 같아. 착한 사람
은 그러지 않아, 양심이 바른 착한 사람은 말이야. 보
이체크, 뭐라고 말 좀 해 봐. 오늘 날씨가 어떤가?

보이체크　궂어요, 대위님, 바람이 불고 궂어요.

대위　내 느낌에도 그래. 바깥 바람이 빨라졌어. 그런 바람
은 생쥐같이 느껴져. (능청스럽게) 아마 남북풍이 불겠
지?

보이체크　네, 대위님.

대위　하 하 하! 남북풍! 하 하 하! 아, 이런 바보, 이런 지독
한 바보가 다 있나. (신이 나서) 보이체크, 자넨 착한
사람이야. 하지만 (위엄 있게) 자네에겐 도덕이 없어.
도덕이란, 도덕을 지킬 때 쓰는 말이지. 알겠나? 그건
좋은 말이야. 존경하는 우리 종군 목사한테 들었는데
자네에겐 교회의 축복을 받지 않은 자식이 있다지?
교회의 축복을 받지 않은 아이 말이야. 내가 한 말은
아니야.

보이체크　대위님, 하나님은 아이가 태어날 때 교회의 축복을

받았는지 따지지 않습니다. 주님께서는 '어린 것들아, 다 내게로 오라.'라고 말씀하셨습니다.

대위   이 친구 무슨 소리야? 무슨 그런 당치도 않은 대답인 가? 아주 황당한 대답을 하는군. 여기서 이 친구란 바 로 자네를 말하는 거야, 자네 말이야.

보이체크   우리 같은 가난한 사람들에겐 말입니다, 대위님! 돈, 돈이 중요합니다! 돈 없는 자에겐 그런 도덕밖에 없단 말입니다! 그런 자에게도 피와 살은 있습니다. 우리 같은 것은 이 세상에서나 저 세상에서나 불행하 기는 마찬가지죠. 하늘에 간다 해도 천둥 치는 일이나 돕겠죠.

대위   보이체크, 자네에겐 덕이 없어. 품행이 바르지 않아! 피와 살이 있다고? 비 오는 날 창가에 앉아, 골목을 뛰 어가는 여자의 흰 양말을 보노라면, 제기랄, 보이체 크, 그러면 내게 사랑이라는 감정이 생겨난다고! 내 게도 피와 살이 있어. 그런데 보이체크, 덕, 덕이 중요 해! 그럴 때면 내가 어떻게 하겠나? 난 항상 스스로에 게 말하지. 너는 품행이 바른 사람이라고. (감동해서) 착한 사람, 착한 사람이라고.

보이체크   네, 대위님, 덕 말입니다! 저에겐 아직 그게 부족합 니다. 아시다시피 우리같이 천한 사람들에겐 덕이란 게 없어요. 그러니 그저 본능대로 행동할 뿐이죠. 하 지만 제가 신사라면, 모자며 시계며 예복이 있고, 고 상하게 말한다면, 그땐 저도 예의 바르게 행동하겠죠.

덕이란 참 멋지지요. 하지만 전 가난한 놈인걸요.

대위 됐어, 보이체크. 자넨 착한 사람이야, 착한 사람. 하지만 생각이 너무 많아 몸을 망치고 있어. 그래서 자네는 항상 쫓기는 사람 같단 말이야. 토론을 했더니 너무 피곤하군. 그만 가 보게, 그렇게 뛰지 말고. 천천히, 느릿느릿 길을 내려가란 말이야.

7장

마리의 방.
마리, 군악대장.

군악대장 마리!
마리   (그를 바라보며, 표정을 실어) 앞으로 좀 걸어 봐! 황소
       같은 가슴에다 수염은 사자 같고. 이런 남자는 없을
       거야! 난 모든 여자들 앞에서 자부심을 느껴.
군악대장 내가 일요일에 깃털 달린 커다란 모자를 쓰고, 흰 장
       갑을 끼고 나타나면 말이야, 와우! 왕자님께선 항상
       말씀하시지. 정말 멋진 녀석이라고.
마리   (비꼬듯이) 아, 그래! (그의 앞으로 다가가며) 사내란!
군악대장 계집이란 어쩔 수 없어! 제기랄, 이 군악대장과 좀
       놀아 볼까, 응?

(그녀를 껴안는다.)

마리   (기분이 상해서) 이거 놔!

군악대장   야생 동물 같군!

마리   (격렬히) 날 건드리기만 해 봐!

군악대장   네 눈엔 다 악마로 보여?

마리   맘대로 생각해. 모두 다 똑같으니까!

8장

골목.

마리, 보이체크.

보이체크 (마리를 뚫어지게 바라보다가 머리를 흔들며) 흠! 아무
         것도 안 보여. 아무것도 안 보여. 아, 꼭 보아야 하는
         데. 손으로 꼭 쥐어야 하는데.
마리   (겁에 질리며) 무슨 일이야? 제정신이야, 프란츠?
보이체크 죄악이 이렇게 크고 넓게 퍼질 줄이야! 악취가 진동
         해 천사들이 하늘로 쫓겨 갈 정도군. 입술이 빨개졌
         군, 마리. 빨개졌어. 입술이 부르튼 건 아니야? 그만두
         자고, 마리. 당신은 너무 아름다워. 죽을 죄를 진 것처
         럼 어찌 이렇게 아름다울 수 있을까, 마리?
마리   프란츠, 당신 너무 흥분한 것 같아.

보이체크 제기랄! 그 녀석 여기에 서 있었지?

마리 날은 길고 세계는 오래 지속되지. 수많은 사람이 한곳에 서 있을 수 있어, 한 사람씩 차례대로.

보이체크 내가 그 녀석을 봤단 말이야!

마리 두 눈이 있고 장님이 아니며 태양이 비친다면 뭔들 못 보겠어.

보이체크 이 두 눈으로.

마리 (천연덕스럽게) 그래서?

9장

의사의 집.

보이체크, 의사.

의사   무슨 짓이야, 보이체크? 약속을 지켜야지.

보이체크   대체 무슨 말씀입니까, 선생님?

의사   내가 봤단 말이야, 보이체크! 길거리에서 오줌을 쌌잖아! 개처럼 담벼락에 말이야. 그러라고 내가 매일 2그로셴을 주는 줄 알아? 보이체크! 그건 나쁜 짓이야. 세상이 나빠져, 아주 나빠지고 있어.

보이체크   그렇지만 선생님, 그건 생리적인 본능입니다!

의사   생리적인 본능! 생리적인 본능이라! 본능! 내가 말하지 않았나, 의지로 방광 괄약근을 통제할 수 있다고? 본능이라니! 보이체크, 인간은 자유로워! 인간이 훌륭한 건 자유로운 개체이기 때문이야! 소변 하나 참지 못하다니! (뒷짐 진 채 머리를 흔들며 왔다 갔다 한다.) 완두콩은 다 먹었나, 보이체크? 과학 혁명이 일어나고 있어. 내가 과학계를 발칵 뒤집어 놓겠어. 요소(尿素) 0.10그램에다, 염화암모늄, 과산화물이라! 보이체크, 다시 오줌 마렵지 않은가? 저기 좀 들어가서 누어 보게.

보이체크 안 나오는데요, 선생님.

의사 (흥분하여) 그러면서 담벼락에는 쌀 수 있고! 계약서가 내 손에 있단 말이야! 난 보았어, 이 두 눈으로 보았어. 재채기하는 모습을 관찰하려고, 마침 코를 창문 쪽으로 내밀고, 햇빛을 받는 순간. (보이체크에게 달려든다.) 아니야! 화내서는 안 돼! 화내는 건 건강에 해롭고, 비과학적이거든. 난 차분해, 아주 차분해. 내 맥박은 평소처럼 60이고, 난 아주 냉정하게 자네에게 말하고 있네. 인간이 화를 내다니 당치도 않아, 인간이 말이야! 상처 입은 도롱뇽이라면 또 모를까! 하지만, 보이체크, 담벼락에 오줌을 싸지 말았어야 했어!

보이체크 그렇지만, 선생님, 사람마다 성격이 다르지요. 기질도 그렇고요. 하지만 본능은 다른 문제지요. 본능이란 (손가락을 꺾으며) 뭐라고 할까, 이를테면…….

의사 보이체크, 또 궤변을 늘어놓는군.

보이체크 (친밀하게) 선생님, 자연의 이중 현상을 보신 적 있으신가요? 해가 중천에 떠 있고, 세상이 불길에 타오르는 듯할 때 내 귀에는 무시무시한 목소리가 들려요.

의사 보이체크, 자네 착란 증세가 있군.

보이체크 (손가락을 코에 대며) 버섯들 말입니다, 선생님! 그게 저기도 있어요. 고리 모양 버섯이 땅에서 자라는 걸 보신 적 있습니까? 뭔지 알아낼 수 있다면 좋으련만.

의사 보이체크, 자넨 부분적 정신 착란 증세의 귀중한 사례 야. 두 번째 변종이지! 아주 멋지게 만들어졌어. 보이 체크, 자네에게 특별 수당을 더 주겠어! 두 번째 변종, 전반적으로 이성적인 상태에서 나타나는 고정 관념 이라! 모든 일을 평소처럼 하고 있겠지? 대위 면도도 해 주고?

보이체크 그렇고말고요.

의사 완두콩도 먹고?

보이체크 늘 제대로 먹습니다, 선생님! 수당은 아내한테 가져 다줍니다.

의사 근무도 잘하고?

보이체크 그렇고말고요!

의사 자넨 흥미로운 사례야! 특별 수당을 더 얹어 주겠어. 말만 잘 들으면 돼. 맥박 좀 보세! 흠.

10장

거리.

대위, 의사.

대위가 숨을 헐떡이며 내려오다가 멈춰 서서는 숨을 몰아쉬며 주위를 둘러본다.

대위   선생님! 말들을 보면 무척 불안해요. 불쌍한 짐승들이 뛰어다녀야 한다고 생각하면 말입니다. 그렇게 뛰어다니지 마세요, 선생님! 지팡이를 그렇게 공중에 휘젓지 마시고요! 마치 죽음에 쫓기는 사람 같거든요. 선량한 사람은, 양심이 바른 사람은 그렇게 급히 걷지 않아요. (의사의 외투를 붙잡으며) 선생님! 내가 목숨을 구해 드리겠어요. 그렇게 뛰어다니다가는……. 선생님, 난 무척 우울해요. 무엇에 홀린 것 같다니까요. 벽에 걸린 윗옷을 보면 언제나 눈물이 나요.

의사 흠! 몸이 부었고 지방 과다에다 목이 굵어 뇌졸중에 걸리기 쉬운 체질이에요. 그래요, 대위님, 뇌졸중에 걸릴 수 있어요. 어쩌면 한쪽만 걸려 반신불수가 될지 몰라요. 혹은 운이 아주 좋으면 뇌성 마비에 걸려 식물인간이 되겠죠. 대략 사 주 안에 이런 증상이 나타날 거예요! 아무튼 당신이 흥미로운 사례인 건 분명합니다. 자칫하면 혀에도 부분 마비가 올 수 있어요. 그러면 우리는 역사에 남을 실험을 하게 되는 거죠.

대위 선생님! 날 겁주지 마세요! 놀라서 죽는 사람도 적지 않아요, 그냥 놀라서 말이에요. 벌써 손에 레몬을 든 사람들[5]이 보여요. 그들은 '고인은 선량한 사람이었다, 선량한 사람.'이라고 말할 거예요. 염병할 저승사자 같으니라고.

의사 (대위에게 모자를 내밀며) 이게 무슨 뜻일까요? 얼간이란 뜻입니다, 대위님!

대위 (이맛살을 찌푸리며) 이게 무슨 뜻일까요, 선생님? 바보라는 뜻입니다, 선생님!

의사 이만 실례하겠습니다, 교관 나리.

대위 나도 마찬가집니다, 저승사자 양반.

---

5) 문상 가는 사람들을 말한다. 의학에서 레몬은 항출혈제로 쓰인다.

(보이체크가 급히 지나간다.)[6]

대위 어이, 보이체크! 뭘 그리 급히 지나가나? 거기 좀 서
게, 보이체크! 마치 면도날이 세상을 휘젓고 다니는
것 같군, 그러다 다치지! 연대 병력의 수염을 면도하
러 가는 것처럼 서두르는데, 그러다 다 깎기도 전에
교수형을 당할지도 몰라. 그런데 긴 수염 말인데, 무
슨 얘기냐 하면, 그 긴 수염 말이야.

의사 턱 밑 긴 수염 말이야, 이미 플리니우스가 한 말인데,
군인들이 턱 밑 수염은 못 기르게 해야 돼.

대위 (말을 계속한다.) 어이, 긴 수염 말이야! 뭐였더라, 보
이체크? 수프 그릇에서 혹시 수염 한 가닥 못 찾았나?
무슨 말인지 알겠지? 사람 털 말이야. 하사관이나, 군
악대장의 털 말이야. 어이, 보이체크? 하지만 자네 아
내는 행실이 바르지?

보이체크 그렇고말고요! 그런데 무슨 말씀을 하시려는 겁니
까, 대위님?!

대위 이 녀석, 얼굴 표정 좀 보게! 하하, 지금은 수프에 털
이 없을 거야. 그래도 모퉁이를 돌아 두 입술이 포개
진 데서 하나를 발견할 수 있을 거야! 말하자면 털 하
나를 말이야! 그것도 한 쌍의 입술에서, 보이체크, 한

---

6) 여기부터 10장 끝까지는 뷔히너의 첫 번째 초고에는 없으나 두 번째 초고에
첨가된 부분이다. 작품 이해를 돕기 위해 삽입했다.

쌍의 입술에서. 아, 나도 언젠가 사랑을 느낀 적이 있
었지! 그런데 이 친구 얼굴이 백지장처럼 하얘졌군!

보이체크   대위님! 전 불쌍한 녀석입니다! 그 밖에 세상에 가
진 거라곤 하나도 없습니다. 대위님이 농담을 하시
면…….

대위   내가 농담을 한다고? 자네한테? 이 친구가…….

의사   맥박 좀 보세, 보이체크! 약했다 강했다, 불규칙하게
뛰는군…….

보이체크   대위님! 땅이 지옥처럼 뜨겁지만, 제겐 얼음처럼,
얼음장처럼 차가워요. 지옥이 차갑다고요, 내기해도
좋아요. 말도 안 돼요, 야, 이놈아, 말도 안 돼!

대위   이 녀석, 머리에 총알을 맞고 싶어? 그렇게 노려보다
가 날 아주 잡아먹겠군. 보이체크, 자네가 착한 사람,
착한 사람이니까, 다 자네 좋으라고 하는 소리야.

의사   안면 근육 경직, 긴장, 불규칙한 맥박, 흥분된 태도,
긴장.

보이체크   전 물러가겠습니다. 충분히 그럴 만해요. 더러운
년! 충분히 그럴 만해. 날씨가 참 좋군요. 보십시오,
참으로 아름답고 단단한 잿빛 하늘입니다. 하늘에 갈
고리를 걸고 목이라도 매고 싶은 심정입니다. 긍정,
그리고 또다시 긍정 ─ 그리고 부정 사이의 줄표 때
문이지요? 대, 대위님, 긍정과 부정 사이 말입니다. 긍
정에 부정이, 아니면 부정에 긍정이 죄인가요? 이 점
에 대해 골똘히 생각해 봐야겠어요.

(성큼성큼 걸으며 퇴장. 처음에는 좀 천천히, 그러다가 보다 빨리.)

의사　（뒤쫓아 가며) 희한한 현상이야. 보이체크, 특별 수당을 받아야지.

대위　이 친구들을 만나면 아주 어지럽단 말이야. 왜 저리 급하지! 저 꺽다리는 거미처럼 성큼성큼 걷고, 저 땅딸보는 어슬렁어슬렁 걷는단 말이야. 꺽다리는 번개고, 땅딸보는 천둥인 셈이야. 하하…… 기괴해! 기괴하단 말이야!

11장

위병소.

보이체크, 안드레스.

안드레스   (노래한다.)

　　　　여관 여주인에겐 참한 하녀가 있는데,

　　　　이 아가씨 밤낮으로 정원에 앉아

　　　　이 아가씨 정원에 앉아…….

보이체크   안드레스!

안드레스   응?

보이체크   날씨 좋군.

안드레스   나들이 갈 날씨야. 교외엔 음악 소리 울리고. 여자들

　　　　이 방금 나들이 나왔어. 사람들 땀깨나 흘리겠지만,

　　　　뭐 대수겠어.

보이체크 (불안해하며) 춤추겠지, 안드레스, 춤추겠지!

안드레스 뢰셀과 슈테른에서.

보이체크 춤, 춤을 추겠지!

안드레스 나완 상관없는 일이야.

　　　　　(노래한다.)

　　　　　이 아가씨 정원에 앉아

　　　　　12시를 칠 때까지,

　　　　　군인들을 바라보네.

보이체크 안드레스! 마음이 진정되지 않아.

안드레스 바보 같으니!

보이체크 나가 봐야겠어. 눈앞이 빙빙 돌아. 춤이야! 녀석들의

　　　　　뜨거운 손을 맞잡고 있겠지! 염병할, 안드레스!

안드레스 어쩌려고?

보이체크 가서 봐야겠어.

안드레스 그 여자 때문에?

보이체크 나가 봐야겠어. 여긴 너무 더워.

12장

술집.

창문이 열려 있고, 사람들이 춤을 추고 있다. 술집 앞에는 긴
의자들이 있다. 젊은이들.

견습공1   내가 입은 이 셔츠는 내 것이 아니라네.
            내 영혼에선 브랜디 냄새가 나네!

견습공2   이봐, 우정을 생각해서 자네 본성에 구멍을 뚫어 줄
            까? 제기랄! 난 본성에 구멍을 뚫을 거야. 알다시피
            나도 좋은 놈이야. 난 몸에 붙은 벼룩이란 벼룩은 모
            조리 때려죽일 거야.

견습공1   내 영혼, 내 영혼에선 브랜디 냄새가 나! 돈도 결국
            썩게 마련이지! 날 잊지 마요! 세상은 얼마나 아름다
            운가! 이봐, 난 서러워서 빗물 통이 차도록 울지 않을

수 없어. 우리 코가 술병 두 개라면 좋겠어. 서로 목구
멍에 술을 부어 줄 수 있게.

다른 젊은이들　(합창.)

　　　　팔츠 출신 사냥꾼이

　　　　푸른 숲 속으로 말 타고 들어가네.

　　　　야호, 사냥은 재미있어.

　　　　여기 푸른 황무지에서.

　　　　사냥은 나의 기쁨이라네.

(보이체크가 창가에 온다. 마리와 군악대장이 보이체크를 알아채지
못하고 춤추며 지나간다.)

마리　　　(춤추면서 지나가며) 계속해, 계속해.

보이체크　　(분을 삭이며) 계속해! 계속하라고! (성을 내며 벌떡
　　　　일어나 긴 의자에 주저앉는다.) 계속해! 계속하라고! (자
　　　　기 두 손을 맞잡고) 돌아라, 얼싸안고! 하나님은 왜 태
　　　　양을 꺼 버리지 않으실까, 사내와 계집, 수컷과 암컷
　　　　할 것 없이 모든 게 저렇게 문란하게 부둥켜안고 돌아
　　　　가는데?! 벌건 대낮에 그 짓을 하다니, 손바닥 위에서
　　　　도 그 짓을 하는 모기들처럼! 계집이! 저 계집이 뜨거
　　　　워, 뜨거워졌어! (벌떡 일어난다.) 저 녀석이 마리를, 마
　　　　리 몸을 더듬고 있잖아! 내가 처음에 그랬듯, 저놈이
　　　　그녀를.

견습공1　　(탁자 위에 올라가 설교한다.) 한 나그네가 시간의 흐름

에 기대어 서 있거나, 신의 지혜가 무엇이냐는 질문에 답하며 이렇게 말합니다. 인간은 왜 존재하는가? 인간은 왜 존재하는가? 그런데 정말이지 여러분에게 이렇게 말하겠습니다. 만일 하나님이 인간을 창조하지 않았다면 농부와 칠장이, 구두장이와 의사는 무엇으로 먹고살 수 있었겠습니까? 만일 하나님이 인간에게 수치심을 심어 주지 않았다면 재단사가 무엇으로 먹고살 수 있었겠습니까? 만일 하나님이 인간에게 서로 때려죽이고 싶은 욕구를 주지 않았다면 군인은 무엇으로 먹고살 수 있었겠습니까? 그러니 의심하지 마십시오. 그래, 그래요, 기분 좋고 고상한 일입니다. 하지만 지상 모든 건 허망하고, 돈도 썩어 없어지게 마련입니다. 끝으로, 친애하는 청중 여러분, 우리, 십자가에 오줌을 쌉시다. 유대인 한 놈이 뒈지게 말입니다.

13장

탁 트인 들판.

보이체크　계속해! 계속해! 조용한 음악으로! (땅을 향해 몸을
굽히고) 흥, 뭐, 뭐라고? 크게, 좀 더 크게 말해! 찔러,
그 여우 같은 계집을 찔러 죽여? 찔러, 찔러, 여우 같
은 계집을 죽여? 내가? 그래야 할까? 여기서도 그런
소리 들리고, 바람도 그러라 하나? 계속 그런 소리가
들려, 찔러 죽여, 죽여.

14장

밤(병영).

안드레스와 보이체크가 한 침대에 누워 있다.

보이체크 (안드레스를 흔들어 깨운다.) 안드레스! 안드레스! 잠
이 오지 않아. 눈을 감으면 눈앞이 계속 빙빙 돌아. 바
이올린 소리가 자꾸 들리고. 그러다가 벽에서 무슨 소
리가 들려. 자네에겐 들리지 않아?

안드레스 그래, 그녀가 춤추게 내버려 둬! 하나님, 우리를 돌
봐 주소서, 아멘! (다시 잠든다.)

보이체크 계속 말소리가 들려. 찔러, 찔러! 그리고 눈앞에 칼
같은 게 자꾸 어른거려.

안드레스 자네, 브랜디에 가루약을 타 마셔야겠어. 그럼 열이
좀 내릴 거야.

15장

술집.

군악대장, 보이체크, 사람들.

군악대장 난 사나이야! (자기 가슴을 치면서) 사나이란 말이야!
누가 뭐래? 고주망태가 되지 않은 녀석은 내 앞에서
꺼지란 말이야. 그런 놈은 코가 똥구멍에 붙도록 갈겨
버릴 테다! 나 말이야, (보이체크에게) 이 녀석, 마시라
고! 남자는 술을 마셔야 돼. 세상이 증류주라면 좋겠
어, 증류주라면.

보이체크 (휘파람 소리를 낸다.)

군악대장 이 녀석, 네 혀를 목에서 뽑아 몸뚱이에 칭칭 감아야
겠어? (둘이 붙어 싸운다. 보이체크가 진다.) 네놈 숨을
노파 방귀만큼만 남겨 줄까?

보이체크   (기진맥진해서 몸을 떨며 긴 의자에 앉는다.)

군악대장   자식, 휘파람 소리를 내다니, 맞아 죽으려고.

        브랜디는 내 인생,

        브랜디는 용기를 주지!

어떤 여자   저 사람 된통 혼났어.

다른 여자   피가 나는데.

보이체크   하나씩 차례로.

16장

의사 집 마당.
대학생들은 아래쪽에, 의사는 다락방 창가에 있다.

의사   여러분! 난 지금 마치 다윗이 밧세바를 바라볼 때처럼
지붕 위에 있습니다. 하지만 내게 보이는 거라곤 여학
생 기숙사 마당에 늘어놓은 옷가지밖에 없습니다. 여
러분, 우리는 주체와 객체의 관계라는 중요한 문제에
처해 있습니다. 사물들 중 하나를 살펴보기로 합시다.
그것에도 신성(神性)의 유기적인 자기주장이 분명하
게 나타납니다. 그것이 우주 공간, 지구, 천체들과 어
떠한 관계를 맺고 있는지 연구해 봅시다. 여러분, 내
가 이 고양이를 창밖으로 던진다면, 이 존재는 자신의
본능에 따라 중력에 어떻게 반응할까요? 어이, 보이

체크! (큰 소리로 부른다.) 보이체크!

보이체크 선생님! 고양이가 물어요!

의사 녀석, 마치 자기 할머니를 껴안듯 짐승을 아주 사랑스
럽게 안고 있군.

보이체크 선생님! 몸이 떨려요.

의사 (무척 기분이 좋은 듯) 그래, 그래! 잘했어, 보이체크!
(두 손을 비비며 고양이를 받아 든다.) 여러분! 내가 보려
는 것은 신종 쥐벼룩입니다, 멋진 종이지요. (확대경을
꺼내 든다.) 여러분! (고양이가 달아난다.) 여러분, 저 동
물에게는 학문적 본능이 없어요. 대신 다른 것을 보여
드리지요. 이 사람은 세 달 동안 완두콩밖에 먹지 않
았습니다. 오늘 그 결과를 지켜보십시오. 맥박이 얼마
나 불규칙한지 한번 짚어 보세요. 자, 다음엔 눈을!

보이체크 선생님! 눈앞이 어두워져요. (자리에 앉는다.)

의사 용기를 내, 보이체크! 며칠만 더 견디면 끝나. 느껴 보
세요, 여러분, 느껴 보세요!
(대학생들이 보이체크의 관자놀이와 가슴을 만져 보고 맥
박을 짚어 본다.)
말이 나온 김에, 보이체크! 이분들에게 귀도 움직여
보여 주게! 나는 이자의 두 근육이 움직인다는 걸 여
러분에게 보여 드리려 합니다. 자, 한번 해 보게!

보이체크 아, 선생님!

의사 젠장, 내가 자네 귀를 움직이게 해야겠어? 자네, 고양
이처럼 해 보지 않을 거야? 그럼, 여러분, 이건 당나귀

로 넘어가는 중간 단계입니다. 또한 여성이 교육한 결과죠. 모국어로 교육해도 이런 일이 자주 일어나지요. 어머니가 사랑으로 자네 머리칼을 얼마나 뽑아 간직한 건가? 며칠 새 머리숱이 확 줄어 버렸는걸. 그렇습니다, 완두콩을 먹은 결과입니다, 여러분!

17장

가게.
보이체크, 유대인.

보이체크　이 권총 너무 비싼데요.

유대인　자, 살 거요, 말 거요, 어쩔 거요?

보이체크　이 칼은 얼마요?

유대인　날이 아주 잘 들지요. 이걸로 댁의 목을 자를 건가요?
　　　　자, 어쩌겠소? 다른 것처럼 헐값에 드리지요. 헐값에
　　　　죽을 수 있게요. 그래도 거저는 안 되지요. 어쩌겠소?
　　　　경제적으로 죽어야지요.

보이체크　이걸로 빵 이상의 것을 자를 수 있겠지.

유대인　2그로셴이오.

보이체크　옛소! (나간다.)

유대인　'옛소.'라니! 마치 아무것도 아니라는 투군! 그래도 돈
　　　은 돈이야. 개자식!

18장

마리의 방.
마리, 바보 카를.

마리 (성경을 넘긴다.) "그리고 그의 입에는 아무런 거짓이 없나니." 주여, 주여, 저를 지켜보지 마십시오. (계속 넘긴다.) "그런데 바리새인들이 간통한 여인을 데려와 주님 앞에 세웠다. 예수께서 가라사대 '나도 네 죄를 묻지 않겠다. 돌아가서, 다시는 죄를 짓지 마라.'" (두 손을 모은다.) 주여! 주여! 어찌 하오리까. 주여, 제게 기도할 수 있는 힘을 주시옵소서. (아이가 그녀에게 매달린다.) 아이가 내 가슴을 찌르는구나. 카를! 대낮에 보란 듯이 그런 짓을 저지르다니!

바보 카를 (아이를 눕히고 손가락을 써 가며 동화를 들려준다.) 옛

날에 임금님이 한 분 계셨지. 금관을 쓰고 계시지. 내
일 왕비에게 아이를 데려다 줄 거야. 선지 소시지가
말했어요. '이리 와, 간 소시지야.'

(아이를 안자 아이가 조용해진다.)

마리 프란츠는 오지 않았어, 어제도, 오늘도. 왜 이리 덥지?

(창문을 열어젖힌다.)

"그러자 그 여자는 예수의 발치에 무릎을 꿇고 울며
발에 입을 맞추고, 눈물로 발을 적시고 발에 향유를
발라 주었다." (자신의 가슴을 친다.) 주여! 주님의 발에
향유를 발라 드리고 싶습니다.

19장

병영.

안드레스. 보이체크가 자신의 물건들을 뒤지고 있다.

보이체크   안드레스, 이 윗옷은 내 근무복이 아니야. 가지려면
가져, 안드레스! 이 십자가는 내 누이 거고, 이 반지
도. 성자상도 하나 있고, 하트 모양 물건도 두 개 있는
데, 금으로 만들어졌고 멋져. 이건 어머니 성경에 끼
어 있던 건데, 이렇게 적혀 있어.

"고통은 모두 나로 인한 거고,
고통은 나의 기도로다.
주여, 주께서 상처 입고 피 흘렸듯이,
내 마음 항상 그렇게 하옵소서."

어머니는 햇빛이 손에만 닿아도 아파하셨지. 뭐, 심각한 건 아니지만.

안드레스 (허공을 바라보며 건성으로) 그래.

보이체크 (종이 한 장을 꺼내 든다.) 프리드리히 요한 프란츠 보이체크. 육군 보병, 2연대 2대대 4중대 소속. 마리아 수태 고지 축일 3월 25일생. 오늘로 내 나이 서른 살 칠 개월 십이 일.

안드레스 프란츠! 병원에 가 봐. 가여운 사람 같으니, 브랜디에 가루약을 타 마시면 열이 내릴 거야.

보이체크 그래, 안드레스, 목수가 관을 짤 때는 그 속에 누가 들어갈지 아무도 모르지.

20장

마리, 대문 앞에서 소녀들과.

소녀들 곡식이 무르익은
       화창한 성촉일(聖燭日)에
       들길을 가로질러
       둘이 갔대요.
       피리 부는 사람이 앞장서고
       바이올린 켜는 사람이 뒤를 따르며,
       붉은 양말을 신고서…….

소녀1 이 노래 재미없어!

소녀2 그럼 무슨 노래를 하고 싶은데?

소녀3 처음 시작한 게 뭐였지?

소녀2 그건 왜?

소녀1   이유가 있어!

소녀2   무슨 이유?

소녀3   누가 노래 좀 불러 봐, 응? (아이들을 둘러보다가 소녀 1을 가리킨다.)

소녀1   난 노래 못해.

소녀들   마리 아줌마, 노래 불러 줘요.

마리   자, 얘들아!

둥글게, 둥글게, 장미꽃 다발처럼,

둥글게, 둥글게!

할머니가 옛날이야기 해 주세요.

할머니   옛날 옛적에 엄마도 아빠도 없는 불쌍한 아이가 살았단다. 모든 게 죽고 세상에 혼자 남았지. 배고픈 아이는 밤낮으로 울고 다녔지. 지구에 아무도 없어서 하늘나라에 가려고 했지. 달님이 아이를 다정하게 내려다보고 있었지. 마침내 달님한테 가 보니 달은 썩은 나뭇조각이었어. 그래서 해님에게로 갔지. 그런데 해님은 시든 해바라기였어. 그래서 이번엔 별님에게로 갔지. 그런데 별님은 조그만 황금 모기였어. 때까치⁷⁾가 가시나무에 꽂아 놓은 거였지. 다시 지구로 내려와 보니 지구는 엎어진 단지였어. 여전히 아무도 없었지. 그래서 아이는 털썩 주저앉아 엉엉 울었지. 아직도 아이는 거기 혼자 앉아 있지.

---

7) 민간 설화에 따르면 때까치는 매일 동물 아홉 마리를 죽인다고 한다.

(보이체크가 나타난다.)

보이체크 마리!

마리   (깜짝 놀라며) 무슨 일이야?

보이체크 마리, 갈 시간이 됐어.

마리   어디로?

보이체크 난들 알겠어?

21장

멀리 보이는 도시.

마리, 보이체크.

마리　　저쪽으로 가면 시내가 나오겠네. 어두워졌어.

보이체크　더 있다 가야겠어. 자, 이리 와 앉아.

마리　　난 가야 해.

보이체크　다리가 아프도록 걷지는 않을 거야.

마리　　그게 무슨 말이야?

보이체크　이제 우리가 만난 지 몇 년째지, 마리?

마리　　오순절이면 이 년이 돼.

보이체크　앞으로 얼마나 더 계속될까?

마리　　가서 저녁을 지어야 돼!

보이체크　추워, 마리? 하지만 당신 몸은 따뜻해. 입술은 너무

나 뜨거워! 창녀의 입김처럼 뜨겁단 말이야! 몸이 차가우면 더 이상 얼어붙지 않을 거야. 새벽이슬에 얼어붙지는 않을 거야.

마리 무슨 소리 하는 거야?

보이체크 아무것도 아니야. (아무 말이 없다.)

마리 달이 붉게 떠오르네!

보이체크 피 묻은 낫 같군.

마리 무슨 생각 하고 있어? 프란츠! 얼굴이 너무 창백해. (칼을 본다.) 프란츠, 안 돼! 제발, 살려 줘, 살려 줘!

보이체크 (마구 찌른다.) 내 칼에 찔려 봐! 안 죽을 줄 알아? 이래도, 이래도! 아직 움찔하는군. (또 찌른다.) 죽었군! 죽었어! 죽었어!

(사람들이 오자 달아난다.)

사람1 잠깐!

사람2 들려? 조용! 저기!

사람1 어이쿠, 저쪽! 무슨 소리가 들리는데!

사람2 물소리야. 물에서 나는 소리야. 사람이 빠져 죽은 지는 한참 됐는데. 가자고! 기분 나쁜 소리야.

사람1 어이쿠! 또 들려! 사람이 죽어 가는 것 같아!

사람2 으스스해! 사방에 온통 안개가 자욱해. 깨어진 종 소리 같기도 하고 풍뎅이들이 윙윙거리는 소리 같기도 해. 가자고!

사람1 아니야. 너무 또렷해. 너무 소리가 커! 저 위에 올라가 보자! 같이 가자고!

22장

술집.

보이체크　　모두들 춤을 춰, 계속! 땀을 흘리고 냄새를 풍기라
　　　　　　고! 악마가 너희 모두를 데려갈 거야!
　　　　　　(노래한다.)
　　　　　　여관 여주인에겐 참한 하녀가 있는데,
　　　　　　이 아가씨 밤낮으로 정원에 앉아
　　　　　　이 아가씨 정원에 앉아,
　　　　　　점심 종 울릴 때까지 기다린다네.
　　　　　　지나가는 군인들 훔쳐보려고.

　　　　　　(춤춘다.) 자, 케테, 앉아! 덥구나, 더워. (윗옷을 벗는
　　　　　　다.) 그런 법이지. 악마가 한 여자는 데려가고, 한 여자

는 놔두는 거야. 케테, 네 몸이 뜨겁구나! 두고 봐, 너
도 차가워지겠지! 정신 차려. 노래 안 부를 거야?

케테　　슈바벤엔 가기 싫어,

긴 드레스도 입지 못해.

하녀에겐 긴 드레스도, 뾰족 구두도

어울리지 않으니까.

보이체크　그래. 구두는 필요 없지! 지옥엔 맨발로도 갈 수 있
으니까!

케테　　(춤춘다.)

이러지 마요, 자기, 그러면 나빠!

돈은 집어넣고 혼자 자!

보이체크　그래, 정말이야! 난 피를 보고 싶지 않아!

케테　　그런데 손에 묻은 게 뭐지?

보이체크　나? 나 말이야?

케테　　붉은 게, 피잖아!

(그들 주위에 사람들이 둘러선다.)

보이체크　피? 피라고?

주인　　음, 피야.

보이체크　칼에 벤 모양이에요, 오른손을 말이오.

주인　　그런데 어떻게 팔꿈치에 피가 묻었지?

보이체크　거기다 닦았어요.

주인　　뭐야? 오른손에 묻은 피를 오른쪽 팔꿈치에 닦았다

고? 재주도 좋군!

바보 카를　그때 거인이 이렇게 말했지. 냄새가 난다, 사람 고기 냄새가. 어휴, 벌써 냄새가 지독해!

보이체크　제기랄! 그래서 어쩌자는 거요? 당신들하고 무슨 상관이야? 저리 비켜, 안 그러면 닥치는 대로…… 제기랄, 내가 누굴 죽이기라도 했다는 거야? 내가 살인자야? 뭘 쳐다보는 거야? 당신 자신들이나 보라고! 저리 비켜!

(뛰어나간다.)

23장

거리에서.
아이들.

아이1   가 보자! 마리 아줌마가······.
아이2   무슨 일이야?
아이1   아직 모르는 거야? 모두 저쪽으로 갔어. 누가 죽었대!
아이2   어디?
아이1   성벽 너머 왼쪽, 숲 속에, 붉은 십자가 옆에.
아이2   가 보자, 늦게 가면 치워 버릴 거야.

24장

멀리 보이는 도시.
보이체크 혼자.

보이체크 칼? 칼이 어디 있지? 여기다 두었는데. 나를 저버리
다니! 더 가까이, 좀 더 가까이! 어디였지? 무슨 소리
지? 뭐가 움직이는데. 조용하군. 이 근처인데. 마리?
앗, 마리! 조용하군. 모든 게 조용해! 왜 이렇게 창백
해, 마리? 목덜미의 붉은 줄은 뭐지? 이 목걸이는 누
구한테서 얻은 거지, 죄의 대가로? 그래서 당신이 시
커멓게 되었어, 시커멓게! 내가 당신을 하얗게 만들었
어. 머리카락은 왜 이렇게 헝클어졌어? 오늘 머리를
땋지 않았어? 저기 뭐가 있구나! 춥고 습하고 조용하
군. 여길 떠나야겠어. 칼! 칼이다! 이건가? 그렇구나!

사람들이 오네.

(달아난다.)

25장

연못가의 보이체크.

보이체크   그래, 저 아래로 던져야지! (칼을 물속으로 던진다.)
어두운 물속에서 돌멩이처럼 가라앉는군. 달이 피 묻
은 낫 같아! 온 세상이 떠들어 대겠지? 칼이 너무 앞
쪽에 떨어졌어. 사람들이 수영하다가, 혹시라도. (물
속에 들어가 칼을 더욱 멀리 던진다.) 이제 됐어! 하지만
여름에 사람들이 조개를 찾아 잠수한다면, 괜찮아, 그
땐 녹슬어 버리겠지. 누가 알아보겠어. 아주 부러뜨려
버릴걸! 아직 피가 묻었나? 씻어야겠어. 얼룩이 남았
어. 여기도, 여기도.

26장

법원 직원, 이발사, 의사, 재판관.

법원 직원　감쪽같은 살인이야, 진정한 살인, 멋진 살인이야.
　　　　마치 의뢰를 받아야만 할 수 있는 것처럼 멋진 살인이
　　　　야. 오랫동안 이런 멋진 살인을 보지 못했어.
이발사　교조적인 무신론자, 키 크고 말랐으며 비겁해…… 과
　　　　학이란…….

27장

바보 카를, 아이, 보이체크.

바보 카를　(아이를 무릎에 안고 있다.) 그는 물에 빠졌어. 그는
　　　　　물에 빠졌어. 그는 물에 빠졌어.

보이체크　아가! 크리스티안!

바보 카를　(보이체크를 뚫어지게 바라보며) 그는 물에 빠졌어.

보이체크　(아이를 쓰다듬으려 한다. 아이는 고개를 돌리고 울음을
　　　　　터뜨린다.) 맙소사!

바보 카를　그는 물에 빠졌어.

보이체크　크리스티안! 목마 하나 사 줄게, 자, 자. (아이가 피한
　　　　　다. 바보 카를에게) 아이에게 목마 하나 사 줘!

바보 카를　(보이체크를 뚫어지게 바라본다.)

보이체크　달려라! 달려! 백마야.

바보 카를   (환호성을 지르며) 달려라! 달려! 백마야! 백마야!

　　　　(아이를 안고 달린다.)

당통의 죽음

등장인물

국민공회 대의원
조르주 당통
르장드르
카미유 데물랭
에로세셀
라크루아
필리포
파브르 데글랑틴
메르시에
토머스 페인

공안위원회 위원
로베스피에르
생쥐스트
바레르
콜로 데르부아
비요바렌

쇼메트 파리 코뮌의 검찰총장
딜롱 장군
푸키에탱빌 검사
아마르, 불랑 안보위원회 위원
에르망, 뒤마 혁명재판소 소장
파리스 당통의 친구
시몽
시몽의 아내

라플로트

쥘리 당통의 아내

뤼실 카미유 데물랭의 아내

매춘부들

로잘리

아델레드

마리옹

그 외 인물

카드놀이 하는 부인들, 산책하는 젊은이와 외제니, 시민, 민병대 병사,
리옹 사람과 다른 대의원, 자코뱅파 의원, 자코뱅파와 국민공회 의장들,
교도관, 사형 집행인들, 마부들, 남녀 군중, 매춘부들, 떠돌이 가수,
거지 등

1막

1장

에로세셸[8]과 몇몇 귀부인들이 카드놀이를 하고 있다. 당통[9]과 쥘리[10]는 이들과 약간 떨어져 있다. 당통은 쥘리 발치 의자

---

8) Marie Jean Hérault de Séchelles(1759~1794). 국민공회 의장으로 1791년 헌법 제정에 공헌했다. 당시 최고 미남으로 꼽혔다. 당통보다 먼저 체포되었으나 당통과 함께 처형당했다.

9) Georges Jacques Danton(1759~1794). 프랑스 혁명을 주도한 변호사 출신 인물. 군주제를 무너뜨린 후 혁명재판소를 만들고 공안위원회의 초대 위원장이 되었다. 천부적인 웅변가로 반동 세력에 대항하는 여론을 조성하기도 했다. 그는 온건파인 지롱드파뿐 아니라 급진적인 에베르파 및 광신적인 이데올로기를 내세우는 로베스피에르와 그의 추종자들도 배격했다. 1794년 3월 31일 로베스피에르가 조종하는 세력에 의해 체포되어 4월 5일 단두대에서 처형되었다.

10) Lousie Danton(1777~1856). 당통의 두 번째 부인으로 1793년에 당통과

에 앉아 있다.

당통   저 귀여운 부인 좀 봐, 정말 멋지게 카드를 돌리는데!
　　　그래, 정말 솜씨가 좋아. 자기 남편한테는 언제나 하
　　　트를 주고, 다른 사람들에겐 다이아몬드[11]를 준다던
　　　데. 여자들은 남을 속이는 데는 귀신이야.

쥘리   당신은 날 믿어?

당통   내가 뭘 알겠어? 우린 서로에 대해 별로 아는 게 없어.
　　　우리는 둔해. 서로에게 손을 뻗어 보지만, 부질없는
　　　일이야. 그저 거친 가죽만 비벼 댈 뿐이지. 우린 무척
　　　외로워.

쥘리   당신은 나를 잘 알아, 당통.

당통   그래, 사람들이 흔히 말하는 식으로는 알지. 이 까만
　　　눈, 곱슬머리, 고운 혈색. 그리고 나에게 늘 '사랑해, 당
　　　통.' 하고 말하지. 하지만 (쥘리의 이마와 눈을 가리키며)
　　　여기, 여기, 이 안에는 뭐가 들어 있지? 그만둬. 우리
　　　감각은 무뎌. 서로를 잘 안다고? 그러려면 서로의 두
　　　개골을 열고, 뇌의 섬유 조직에서 생각을 끄집어내야
　　　겠지.

어떤 부인   (에로에게) 손가락으로 뭘 하려고요?

에로   아무것도 아닙니다.

결혼했다. 처녀 때 성은 젤리(Gély)다. 작중 쥘리와는 달리 당통을 따라 죽지
않고 다른 남자와 재혼했다.
11) 여기서 다이아몬드(Karo)는 속어로 여성의 음부를 뜻한다.

부인 엄지손가락을 그렇게 튕기지 마세요. 보기 안 좋아요.

에로 이것 좀 봐요. 모양이 아주 독특한데요.

당통 그래, 쥘리. 난 무덤을 사랑하듯 당신을 사랑해.

쥘리 (몸을 돌리며) 오!

당통 아니야, 내 말 들어 봐! 사람들은 무덤 속에 안식이 있고, 무덤과 안식은 같다고 하지. 그렇다면 내가 당신 품에 누워 있는 건 땅속에 묻혀 있는 거와 같아. 그대, 달콤한 무덤이여. 당신 입술은 죽음을 알리는 종이고, 당신 목소리는 장례 종소리고, 당신 가슴은 내 무덤의 봉분이며, 당신 심장은 내 관(棺)이야.

쥘리 내가 졌어!

에로 그건 사랑의 모험이었어요. 다른 모든 일처럼 돈이 들어요.

부인 그렇다면 댁은 벙어리처럼 손가락으로 사랑을 고백했겠군요.

에로 아니, 안 될 게 뭐 있어요? 사람들은 바로 이 손가락들이 가장 이해하기 쉽다고 주장해요. 난 트럼프의 여왕하고 연애하려는 계획을 꾸몄지요. 내 손가락은 거미로 변한 왕자들이었고, 부인은 요정이었어요. 하지만 일이 잘 안 되었어요. 여왕이 계속 임신 중이었거든요. 번번이 사내아이를 낳았어요. 내 딸이라면 절대 그러지 못하게 할 거예요. 남녀가 상스럽게 뒤엉켜 넘어지자마자 곧장 아기가 따라 나오니 말입니다.

(카미유 데물랭[12]과 필리포[13]가 등장한다.)

에로   필리포, 왜 그리 슬픈 표정이지? 빨간 모자[14]에 구멍
      이라도 났나? 성 야고보[15]가 화를 내던가? 목을 자르
      는[16] 동안 비라도 내렸나? 아니면 자리가 나빠서 아무
      것도 못 본 건가?

카미유 소크라테스[17] 말을 흉내 내는군. 알키비아데스[18]가 하
      루는 우울한 표정으로 풀이 죽어 나타나자, 그 성현이
      뭐라고 했는지 아나? "자네, 전쟁터에서 방패라도 잃어
      버렸나? 달리기 경주나 칼싸움에서 지기라고 했나? 다
      른 사람이 자네보다 노래를 더 잘 부르거나 시턴을 더
      잘 켜기라도 했나?" 이런 고전적 공화주의자 같으니!
      이런 이야기 그만하고, 단두대 예찬론이나 펴 보라고!

필리포 오늘 또 스무 명[19]이나 희생됐어. 우리가 잘못 생각

---

12) Camille Desmoulins(1760~1794). 당통의 비서이자 국민공회 대의원으로
1794년 4월 5일 친구 당통과 함께 처형당했다.

13) Pierre Philippeau(1754~1794). 국민공회 대의원이자 당통의 추종자.

14) 자코뱅파를 나타낸다.

15) 파리의 도미니크 수도원인 성 야고보 수도원은 자코뱅파의 집회소였으며
자코뱅이란 이름도 여기에서 나왔다.

16) 의사 기요탱이 도끼가 떨어져 목을 자르는 사형 기구 기요틴을 고안했다.

17) Sokrates(B. C. 469~B. C. 399). 문답을 통해 깨달음을 얻는 대화술을 창
안했다.

18) Alcibiades(B. C. 450~B. C. 404). 아테네의 정치가이자 지휘관. 소크라테
스의 윤리관과 예리한 정신에 감명받았다.

19) 이성의 여신 숭배를 주창한 에베르(1757~1794)의 추종자들을 가리킨다.
에베르는 1794년 3월 24일 처형되었다.

했어. 그들은 일을 체계적으로 처리하지 못했다며 에베르파[20]를 단두대에 보냈어. 저 의원들[21]은 사람들이 자기들보다 더 두려워하는 에베르 일파가 일주일만이라도 더 살아 있으면, 아마 자기들이 목숨을 잃을 거라 생각했을지도 모르지…….

에로   그들은 우리를 원시인으로 만들려는 거야. 생쥐스트는 우리가 네발로 기어 다니면 좋아하겠지. 그래서 아라스의 변호사[22]가 제네바 시계공[23]의 역학에 따라 우리에게 안전모를 만들어 주고, 우리를 교육해 주고, 우리에게 신을 만들어 주도록 말이야.

필리포   그들은 자신들의 목적을 위해서라면 마라의 계산[24]에 영 몇 개를 더 붙이는 것도 마다하지 않을 거야. 우리는 갓 태어난 아이들처럼 얼마나 오랫동안 피에 더럽혀진 채 있어야 하나? 언제까지나 관을 요람으로 삼고, 머리 자르는 놀이를 계속해야 하나? 앞으로 나아

---

20) 쇼메트와 에베르가 만든 과격파. 반기독교 운동을 감행하고 사유 재산 철폐를 주장하며 파리 혁명 정부의 권력을 장악하려 했으나 실패했다.

21) 공안위원회 위원들을 일컫는다.

22) 로베스피에르를 말한다.

23) 제네바 출신 문화 비평가이자 철학자 장자크 루소(1712~1778)를 말한다. 그는 시계공의 아들로 로베스피에르에게 존경받았다.

24) Jean Paul Marat(1744~1793). 급진적인 산악당 지도자. 왕정이 무너진 후 당통 측에 가담하여 자코뱅파 의장으로 지롱드파와의 투쟁에 앞장섰으나 목욕 중 지롱드파 젊은 여성 샤를로트 코르데에게 암살당했다. 그는 "오륙백 명의 머리를 잘라야 그대들은 휴식과 자유 그리고 행복을 보장받을 수 있을 거요."라고 말한 적 있다.

가야 해. 사면위원회를 구성하고, 쫓겨난 대의원들[25]
을 다시 받아들여야 해!

에로 혁명이 재정비 단계에 들어섰어.

혁명이 중단되고, 공화국이 시작되어야 해.

헌법 조문에 의무 대신 권리가, 덕목 대신 복지가, 처벌 대신 정당방위가 들어가야 해. 누구나 자신의 진가를 인정받아야 하고, 자신의 본성을 관철할 수 있어야 해. 개인에게 분별력이 있든 없든, 교양이 있든 없든, 개인이 선하든 악하든, 국가와는 아무 관계없어. 우리는 모두 바보야. 아무도 자신의 독특한 어리석음을 남에게 강요할 수 없어.

누구나 나름대로 인생을 즐길 수 있어야 해. 하지만 누구도 남의 즐거움을 희생시키며 즐겨서는 안 되고, 남의 고유한 즐거움을 방해해서는 안 돼.

카미유 국가 체제는 국민 몸에 딱 들어맞는 투명 옷 같아야 해. 맥박이나 근육과 힘줄의 움직임이 그대로 드러나야 해. 겉모습이 아름답거나 추한 건 문제 되지 않아. 생긴 대로 살아갈 권리가 있는 거야. 우리 마음대로 남의 치마를 재단할 권리는 없어.

더없이 사랑스러운 죄수인 프랑스의 어깨가 드러났다며 수녀 베일을 씌우려는 자들의 손가락을 잘라야

---

25) 온건파인 지롱드파를 말한다. 지롱드파 스물두 명은 1793년 4월 15일에 국민공회에서 추방당했으며 이들 중 상당수가 체포되어 같은 해 10월 30일에 처형됐다.

해. 우리는 벌거벗은 신들과 바쿠스의 무희들[26] 그리고 올림포스의 유희를 원해. 그리고 "아, 온몸을 녹이는 사악한 사랑이여!"[27]라고 노래하는 입술을 원한다고.

우린 그 로마인들이 구석에 앉아 무를 요리하는 걸 막을 생각은 없어. 하지만 우리에게 검투사 경기를 더 보여 줄 생각은 하지 말아야지.

저 신적인 에피쿠로스[28]와 엉덩이가 아름다운 베누스가 성자 마라와 샬리에[29] 대신에 공화국의 수문장이 되어야 해.

당통, 자네가 국민공회에서 공세를 취해야 해.

당통　'나도 너도 그도 그러겠지. 우리가 그때까지 살아 있기만 하다면!' 하고 늙은 여자들이 말하지. 한 시간이 지나면 육십 분이 흘러가는 거야. 그렇지 않은가, 친구?

카미유　이 자리에서 무슨 그런 소리야? 그야 당연하지.

당통　오, 모든 게 다 당연하지. 그런데 이 모든 멋진 일을 누가 실천한다지?

필리포　우리와 그 명망 있는 사람들[30]이 해야지.

---

26) 포도주의 신 바쿠스를 경배하는 무희들.

27) 그리스 시인 사포의 시구에서 인용.

28) Epicouros(B. C. 341~B. C. 270). 소박한 즐거움, 우정, 은둔 등에 관한 윤리 철학의 창시자. 이성을 통한 쾌락을 추구하고 고통을 멀리하고자 했다.

29) Joseph Chalier(1747~1793). 1793년 6월 17일 왕당파에게 처형당한 리옹의 혁명 지도자. 마라와 함께 순교자로 숭배되었다.

30) 옛 체제의 옹호자인 프랑스 귀족.

당통   '와'는 긴 단어야. 이 단어는 그들과 우리 사이를 꽤 멀리 갈라놓지. 서로 거리가 멀어서, 한데 모이기도 전에 그 명망은 사라져 버릴 거야. 물론 그 명망 높은 사람들에게 돈을 빌려 줄 수 있고, 그들의 대부(代父)가 돼 줄 수도 있고, 자기 딸을 그들에게 시집보낼 수는 있겠지. 하지만 그게 다야!

카미유 그걸 알면서, 왜 싸움을 시작했나?

당통   그자들이 역겨웠어. 난 그런 거들먹거리는 카토[31] 추종자들을 보고 걷어차지 않을 수 없었어. 내 천성이 그래. (일어선다.)

쥘리   가려고?

당통   (쥘리에게) 가야겠어. 이 친구들이 자기들 정략으로 날 못살게 하니까.
(밖으로 나가면서) 궁지에 처한 내가 자네들에게 예언하겠어. 자유의 여신상은 아직 주조되지 않았어. 용광로가 이글거리며 끓고 있어. 우리 모두 손을 델지도 몰라. (퇴장.)

카미유 내버려 둬! 일단 행동을 개시하면 저 친구가 손 뗄 것 같은가?

에로   그건 그래. 하지만 체스 두듯 그냥 심심풀이로 하겠지.

---

31) Marcus Porcius Cato(B. C. 234~B. C. 149). 로마 정치가. 전통과 엄격한 풍속의 수호자였다.

2장

골목.
시몽, 그의 아내.

시몽   (아내를 때리며) 이 뚜쟁이, 쭈그렁 염화수은[32)아, 벌레
        먹은 죄악의 사과 같은 년아!

시몽의 아내   사, 사람 살려! 사람 살려!

사람들   (달려오며) 떼어 놔요, 저 사람들을 떼어 놔요!

시몽   아닙니다. 내버려 둬요, 로마인들이여! 이 해골 같은
        년 뼈다귀를 박살 내야겠어! 이 베스타 여신의 시녀야!

시몽의 아내   내가 베스타 여신의 시녀라고? 두고 봐, 어디 두
        고 봐.

시몽   네 어깨에 걸친 옷을 찢어 버릴 거야.
        네 썩은 몸뚱이를 발가벗겨 햇볕에 던져 버릴 거야.
        이 갈보 년아, 네 몸 주름마다 음탕함이 배었어.

(사람들이 이들을 떼어 놓는다.)

시민1   무슨 일이오?

시몽   그 처녀 어디 갔어? 말해 봐! 아니, 그렇게 말할 수는 없
        어. 그 아가씨! 아니야, 그것도 아니야. 부인, 계집! 이

---

32) 당시 매독 치료제로 널리 쓰인 염화 제2수은을 뜻한다.

것도, 이것도 아니야! 딱 하나 이름이 있기는 한데. 오,
나를 숨 막히게 하는 이름이야! 도저히 숨을 못 쉬겠어.

시민2   다행이지. 그렇지 않으면 이름에서 술 냄새가 날 거야.

시몽   늙은 비르기니우스[33]여, 그대의 대머리를 가리시오! 치
욕의 까마귀가 그 위에 올라앉아, 그대의 두 눈을 쪼아
댈 거요. 내게 칼을 주시오. 로마인들이여! (쓰러진다.)

시몽의 아내   아, 저인 보통 때는 착한데, 참을성이 부족할 뿐이
에요. 술이 한쪽 다리를 걸어 넘어뜨리는 거예요.

시민2   그럼 세 다리로 걷지그래.

시몽의 아내   아니에요, 넘어져요.

시민2   맞아, 일단 세 다리로 걷다가, 세 번째 다리마저 쓰러
지면, 그 위에 넘어지면 되는 거야.

시몽   네놈 혀는 내 뜨겁디뜨거운 심장의 피를 빨아 먹는 흡
혈귀구나.

시몽의 아내   그냥 내버려 두세요. 한바탕 소란 피울 시간이 된
거예요. 좀 있으면 괜찮아질 거예요.

시민1   대체 무슨 일인데요?

시몽의 아내   들어 보세요. 전 저기 양지바른 바위에 앉아 몸을
덥히고 있었어요. 땔감이 없어서요.

시민2   그럼 남편 코나 잡고 있지그래요.

시몽의 아내   그런데 우리 딸이 저 아래 모퉁이를 돌아갔어요.

---

33) 로마의 평민 비르기니우스는 대관 아피우스 클라우디우스로부터 딸 비르
기니아의 순결이 위협받자 그녀를 찔러 죽였다. 이 사건으로 아피우스 클라우
디우스는 실각했다. 레싱은 희곡 「에밀리아 갈로티」에서 이 소재를 다루었다.

부모를 먹여 살리는 착한 아이예요.

시몽 쳇, 실토하는군!

시몽의아내 이 유다야! 그 젊은이들이 그 애한테 바지를 벗어 놓고 가지 않았다면, 당신이 바지 몇 벌이나마 얻어 입었을 것 같아? 이 술통아, 샘물이 말랐다고 목마른 채로 가만히 있을 거야, 응? 우리는 온몸으로 일하는데, 왜 그걸로도 안 된다는 거야? 그 애가 세상에 나올 때 개 엄마도 그 일을 하며 애를 낳았어. 개 엄마도 그 때 고통스러웠지. 그 애라고 자기 엄마를 위해 그 일을 하면 안 된다는 법이 있어, 응? 그 애도 그 짓 하며 고통스럽지 않겠어, 응? 이 바보 멍청이야!

시몽 쳇, 루크레티아!³⁴⁾ 칼을, 내게 칼을 주시오, 로마인들이여! 쳇, 아피우스 클라우디우스!

시민1 그래, 칼을 줘. 하지만 불쌍한 창녀를 찔러서는 안 돼! 그녀가 뭘 잘못했다고? 하나도 잘못한 거 없어! 그저 배가 고파 몸을 팔고 구걸한 거야. 우리 마누라와 딸의 몸을 사는 놈들에게 칼을 써야 해. 민중의 딸들을 범하는 놈들은 다 뒈져야 해! 여러분 배에선 꼬르륵 소리가 나는데, 그놈들은 배가 불러 답답해요. 여러분 겉옷은 구멍투성이지만, 그놈들은 따뜻한 윗옷을 입었어요. 여러분 손에는 굳은살이 박혔지만, 그놈들

---

34) 술에 취한 시몽은 독재자의 아들 섹스투스 타르키니우스에 의해 정절을 잃고 자살한 루크레티아를 비르기니아와 혼동하고 있다.

손은 비단결 같아요. 그러니까 여러분은 일하지만, 그
놈들은 놀고먹어요. 여러분이 힘들게 벌어 놓으면, 그
놈들은 도둑질해 갑니다. 그런데 도둑맞은 재산을 몇
푼이라도 다시 건지려면, 여러분은 몸을 팔고 구걸해
야 합니다. 그러니까 그놈들은 도둑놈입니다. 그러니
그놈들을 때려죽여야 해요.

시민3 　그놈들 혈관 속에는 우리한테서 빨아 먹은 피밖에 없
어요. 그자들은 우리에게 말했습니다. "귀족들은 늘
대니 때려죽여라." 그래서 우리는 귀족들을 가로등에
매달았습니다. "국왕의 거부권[35]이 여러분의 빵을 빼
앗아 먹는다."라고 해서 우리는 거부권을 폐지했습니
다. 그들이 "지롱드파 때문에 우리가 굶주린다."라고
말해서 우리는 지롱드파를 처단했습니다. 그런데 그
들은 죽은 자들의 옷을 벗겨 입었고, 우리는 예나 지
금이나 맨발로 추위에 떱니다. 그놈들의 넓적다리 살
가죽을 벗겨 우리 바지를 만들고, 그놈들 몸의 기름을
짜 우리 수프에 넣어 끓입시다. 갑시다! 윗옷에 구멍
이 나지 않은 놈들은 다 때려죽입시다!

시민1 　글을 읽고 쓸 줄 아는 놈들은 모두 때려죽이자!

시민2 　외국인과 내통하는 자를 때려죽이자!

일동 　　(고함을 지른다.) 때려죽여라! 때려죽여라!

---

35) 국왕은 1791년의 헌법에 따라 국민의회의 결정에 거부권을 행사했다. 국왕
이 죽자 거부권도 폐지되었다.

(몇 사람이 한 젊은이를 끌고 온다.)

몇몇 목소리 이자에겐 손수건이 있소! 귀족이오! 가로등에 매
달아! 가로등에!

시민2 뭐라고? 이자는 손으로 코를 풀지 않는다고? 가로등
에 매달아!

(가로등 하나가 내려온다.)

젊은이 아, 신사 여러분!

시민2 여기에 신사는 없어! 매달아!

몇몇 사람 (노래한다.)

저기 땅속에 누워 있는 자들

벌레들이 갉아 먹네.

무덤 속에서 썩는 것보다는

차라리 공중에 매달리는 게 낫네.[36]

젊은이 자비를 베풀어 주세요!

시민3 목에 밧줄만 걸면 돼! 잠깐이면 끝나. 우린 너희들보
다는 더 자비롭지. 우린 평생 동안 죽도록 일만 해. 육
십 년 동안 밧줄에 매달려 버둥거린단 말이야. 하지만
우린 우리가 매달린 줄을 잘라 버릴 거야.

가로등에 매달아!

---

36) 「박피공의 노래」 중 한 구절.

젊은이　나는 상관없어요. 하지만 그런다고 여러분 삶이 더 밝아지지는 않을 거예요.

둘러선 사람들　옳소! 맞는 말이야!

몇몇 목소리　그 사람 풀어 줘!

(젊은이 재빨리 달아난다.)

(로베스피에르³⁷⁾가 몇몇 여자와 상퀼로트³⁸⁾들을 데리고 등장한다.)
‧

로베스피에르　시민 여러분, 무슨 일입니까?

시민 3　지난 8월³⁹⁾과 9월⁴⁰⁾의 피 몇 방울로는 민중의 뺨을 붉게 물들이지 못했습니다. 단두대가 너무 느려요. 우리에겐 집중 호우가 필요합니다.

시민 1　마누라와 자식들은 빵을 달라고 아우성입니다. 귀족들의 살을 베어 처자식의 배를 채워 줄 생각입니다. 흥! 윗옷에 구멍이 나지 않은 놈들은 다 때려죽여라!

---

37) Maximillien de Robespierre(1758~1794). 법률가이자 판사로 1789년 자코뱅파에 들어갔다. 1792년 이후 산악당 지도자로 군림하며 지롱드파를 무너뜨렸고, 초과격파 에베르와 온건파 당통의 처형을 주도했다. 공포 정치를 펼치다 실각하여 1794년 7월 28일 처형됐다.
38) 프랑스 혁명 당시 과격한 하층 계급 세력. 상퀼로트라는 이름은 이들이 귀족이 입는 반바지를 입지 않은 데서 유래했다.
39) 1792년 8월 10일 파리 튈르리 궁을 습격한 사건.
40) 법무부 장관 당통이 주도해 1792년 9월 2일에서 5일 사이 파리에서 1500명이 넘는 무고한 시민을 왕당파로 몰아 학살한 사건.

모두   때려죽여라! 때려죽여라!

로베스피에르   법의 이름으로!

시민1   법이 뭔데요?

로베스피에르   민중의 뜻입니다.

시민1   우리가 바로 민중인데, 우린 법 같은 건 원하지 않아요. 그러니까 이러한 우리 뜻이 곧 법입니다. 그러니까 법의 이름으로, 법은 더 이상 없어요. 그러니까 때려죽입시다.

몇몇 목소리   아리스티데스[41]의 말을 들어 봅시다! 이 청렴한 분[42]의 말을 들어 봅시다!

여자   선택하고 심판하기 위해 오신 메시아의 말씀을 들어 봅시다. 이분은 날카로운 칼[43]로 악한 사람을 내리친답니다. 이분 눈은 선택하는 눈이고, 이분 손은 심판하는 손입니다.

로베스피에르   가난하고 덕을 갖춘 민중들이여! 여러분은 여러분 의무를 다했고, 적을 물리쳤습니다. 민중들이여, 여러분은 위대합니다. 여러분은 번개가 치고 천둥소리[44]가 울리는 가운데 숭고하게 나타났습니다. 그러

---

41) Aristides(B. C. 530~B. C. 468). 아테네 사람들에게 '정의로운 사람'이라고 불릴 만큼 일을 공평하고 올바르게 처리한 정치가이자 사령관. 그리스 왕이 되어 독재하려고 한다는 중상을 받아 추방당했다.
42) 로베스피에르를 뜻한다.
43) 「민수기」 21장 24절 참조.
44) 「출애굽기」 19장 16절 및 20장 18절 참조.

나 민중 여러분, 여러분이 휘두른 칼에 여러분 자신이 다쳐서는 안 됩니다. 여러분이 분노에만 싸여 있는 건 자살행위입니다. 여러분 자신의 힘에 쓰러질 수도 있습니다. 여러분의 적은 이 점을 잘 압니다. 여러분의 입법자들은 깨어 있어 여러분 손을 잡고 이끌 겁니다. 그들 눈을 속일 수는 없습니다. 그들은 여러분 손을 놓지 않을 것입니다. 나와 함께 자코뱅파로 갑시다! 여러분의 형제들이 두 팔을 벌려 여러분을 반갑게 맞이할 겁니다. 우리는 적들에게 피의 심판을 내릴 겁니다.

많은 목소리 자코뱅파로 가자! 로베스피에르 만세!

(모두 퇴장.)

시몽 아, 괴롭구나, 난 버림받은 몸이야!

(일어서려 한다.)

시몽의 아내 자! (남편을 부축한다.)

시몽 오, 내 바우키스,[45] 당신은 내 머리 위에 숯을 쌓아 놓았어.[46]

시몽의 아내 자, 일어나!

시몽 나를 외면할 거야? 아, 날 용서해 줄 수 있겠어, 포르

---

45) 그리스 신화에서 필레몬과 바우키스는 완전한 결혼의 모범 사례로 일컬어진다.
46) 「로마서」 12장 20절 참조.

키아?[47] 내가 당신을 때렸나? 내 손이 한 짓이 아니야.

내 팔이 한 짓도 아니고. 내가 미쳐서 그랬어.

'광기는 불쌍한 햄릿의 적이야.

그건 햄릿이 한 짓이 아니오. 햄릿은 부인하지.'[48]

우리 딸은 어디 있지? 잔은 어디 있지?

시몽의 아내 저기 골목 모퉁이 근처에 있어.

시몽 그 애한테 가자고! 내 정숙한 아내여!

(두 사람 퇴장.)

3장

자코뱅 클럽.

리옹 사람 리옹[49]의 형제들이 여러분에게 쓰라린 불만을 토
로하기 위해 우리를 보냈습니다. 우리는 롱생[50]을 단
두대로 싣고 간 수레가 자유의 영구차였는지는 모릅

---

47) 카토의 딸이자 브루투스의 아내. 정절을 잘 지킨 여인으로 유명하다.

48) 셰익스피어의 「햄릿」에 나오는 구절.

49) 1793년 5월 리옹에서 왕당파가 주도한 반정부 봉기가 일어났고, 이 와중에 자코뱅파 조제프 샬리에가 처형당했다.

50) Charles Philippe Henri Ronsin(1751~1794). 혁명군 사령관으로 1793년 리옹을 탈환했으나 1794년 에베르 일파와 함께 처형당했다.

니다. 그러나 우리는 샬리에를 살해한 자들이 그날 이후 땅 위를 버젓이 활보한다는 것을 압니다. 마치 자기들이 들어갈 무덤은 없다는 듯이 말입니다. 리옹이 프랑스 땅이라는 사실을 여러분은 잊으셨습니까? 그곳은 배신자들의 유골로 뒤덮여야 합니다. 여러분은 국왕의 갈보들이 자신들의 나병(癩病)을 론 강 물로만 씻을 수 있다는 것을 잊으셨습니까? 여러분은 이 혁명의 물결이, 저 지중해에 있는 피트[51]의 함대를 귀족의 시체에 부딪히게 해 좌초시켜야 한다는 것을 잊으셨습니까? 여러분의 자비심 때문에 혁명은 죽어 가고 있습니다. 귀족이 숨 쉴 때마다 자유의 목은 그르렁거립니다. 비겁한 자는 공화국을 위해 죽을 뿐이고, 자코뱅파는 공화국을 위해 그들을 죽입니다. 우리가 저 8월 10일과 9월, 그리고 3월 31일[52]의 용사들이 지녔던 활력을 여러분에게서 더 이상 발견하지 못한다면, 우리는 애국지사 가이야르[53]처럼 카토[54]의 단도로 스스로 목숨을 끊을 수밖에 없습니다!

---

51) William Pitt the Younger(1759~1806). 1783년부터 영국 수상으로 재임하며 프랑스에 대해 해양 봉쇄령을 내렸다.
52) 1792년 8월 10일은 튈르리 왕궁 습격이 있었던 날이다. 1792년 9월 2일에서 5일 사이에는 1500명 이상의 귀족과 성직자들이 학살당했다. 1793년 3월 31일은 로베스피에르, 당통, 데물랭이 속한 산악당(급진파)이 승리를 거둔 날이다.
53) 에베르의 추종자. 자살로 삶을 마감했다.
54) Marcus Porcius Cato(B. C. 95~B. C. 46). 로마 정치가. 카이사르가 권좌에 오르자 단도로 자살했다.

(박수 소리와 혼란스러운 함성.)

자코뱅파 의원　우리는 여러분과 함께 소크라테스의 독배를 들
　　겠소!

르장드르[55]　(연단으로 뛰어오르며) 우리는 리옹으로 눈길을 돌
　　릴 필요가 없습니다. 비단옷을 입고 마차를 타고 다니
　　는 자들, 극장 특등석에 앉고 고상한 어투로 말하던
　　자들이 며칠 전부터 목에 힘을 주고 다녀요. 웃기는
　　일입니다. 이들은 마라와 샬리에를 한 번 더 순교자로
　　만들어야 한다며, 두 사람의 초상화를 만들어 다시 처
　　단하자고 합니다.

(모인 사람들이 심하게 동요한다.)

몇몇 목소리　그자들은 이미 죽었소. 혀를 잘못 놀려서 참수당했
　　지요.

르장드르　이 성자들의 피가 그들 위에 흐르게 하소서! 이 자
　　리에 계신 공안위원회 위원들께 묻겠습니다. 언제부
　　터 여러분 귀가 그렇게 먹었습니까?

콜로 데르부아[56]　(르장드르의 말을 끊고) 르장드르, 그대에게 묻

---

55) Louis Legendre(1752~1797). 정육점 주인 출신 혁명가. 자코뱅 클럽과 코
르들리에 클럽의 신봉자가 되었으나, 이후 로베스피에르 타도에 앞장섰다.
56) Jean Marie Collot d'Herbois(1750~1796). 연극배우이자 극작가 출신 혁
명가. 공안위원회 위원과 국민공회 의장을 지냈다. 처음에는 로베스피에르 편

겠소. 누가 그런 생각을 부추겼기에, 그들이 그토록 활기차게 대놓고 입을 놀리고 있소? 이제 그들의 가면을 벗길 때가 되었소. 여러분 들어 보시오! 원인이 있으면 결과가 있고, 외침에는 메아리가 따르며, 근거가 있으면 귀결이 있는 법입니다. 우리 공안위원회는 논리를 잘 압니다, 르장드르. 안심하시오! 성자들의 흉상엔 손 하나 못 대게 할 거요. 흉상들은 메두사의 머리처럼, 배반자들을 돌로 만들어 버릴 거요.

로베스피에르　내가 한마디 하겠소.

자코뱅파 의원　들어 봅시다, 이 청렴한 분의 말을 들어 봅시다!

로베스피에르　우리는 온 사방에서 울려오는 분노에 찬 아우성을 듣기만 했습니다. 듣고 나서 말하려고요. 우리는 눈을 부릅떴습니다. 적이 무장하고 세차게 일어서는 것을 보았지요. 그러나 우리는 경보를 보내지 않았습니다. 민중이 스스로를 지키도록 말입니다. 민중은 잠자지 않고 스스로 무기를 만들었습니다. 우리는 적들이 은신처에서 나와 우리에게 접근해 오기를 기다렸지요. 이제 적들의 정체가 백일하에 드러났습니다. 아주 쉽게 공격할 수 있소. 그들은 여러분 눈에 띄는 대로 죽음을 맞이할 겁니다.

나는 이미 언젠가 여러분께 말한 적 있습니다. 우리 공화국 내부의 적들은 두 진영의 군대처럼 둘로 나누어졌

에 섰으나, 후에 비요바렌 및 바레르와 함께 로베스피에르 타도에 앞장섰다.

습니다. 내세운 깃발 색이 다르고, 완전히 서로 다른 길을 달려가지만 목적지는 모두 같습니다. 그중 한 도당[57]은 이미 존재하지 않습니다. 그들은 망상을 품고 가장 믿을 만한 애국지사들을 쓸모없는 겁쟁이로 매도하여 제거하려 했습니다. 공화국의 가장 강력한 군대를 없애려고 말입니다. 그들은 신성한 종교와 사유 재산에 선전 포고를 하여, 국왕에게 유리한 상황을 만들었습니다. 그들은 숭고한 혁명의 드라마를 웃음거리로 만들어, 이 혁명을 바른길에서 벗어난 부자연스러운 짓거리로 전락시켰소. 만일 에베르파가 승리했다면 공화국은 혼돈에 빠졌을 거고, 전제 정치가 횡행했을 겁니다. 그 배신자들은 법의 칼날에 처단된 겁니다. 그런데 또 다른 범죄자들이 같은 목적을 달성하기 위해 계속 도사리고 있다면, 나라 밖의 적들은 무슨 생각을 하겠습니까? 우리 주변에는 쳐부숴야 할 또 다른 당파[58]가 있지만, 우리는 아무 일도 하지 않았습니다.

이들은 이전의 에베르파와는 반대입니다. 이들은 우리를 약하게 만들려 합니다. 이들의 구호는 "자비를 베풀라!"입니다. 이들은 민중으로부터 무기와 무기를 쓸 힘을 빼앗아, 민중을 벌거벗기고 무기력하게 만들어 국왕에게 넘겨주려 합니다. 공화국의 무기는 공

57) 에베르 일파를 일컫는다.
58) 당통 일파를 일컫는다.

포고, 공화국의 힘은 미덕입니다. 미덕이 없으면 공포는 부패하기 쉽고, 공포가 없으면 미덕은 무기력해집니다. 공포는 미덕의 발로며, 신속하고 엄격한 불굴의 정의와 다름없습니다. 이들은 '공포는 독재 정부의 무기'라고 말합니다. 그러니까 우리 정부가 독재 정부와 같다는 겁니다. 물론 그렇게 말할 수 있어요! 하지만 전제 군주의 친위대가 군도로 무장하듯, 우리 자유 용사들도 손에 칼을 든 것입니다. 전제 군주가 짐승이나 다름없는 자기 백성을 공포로 다스린다면, 전제 군주로서 그의 권리인 겁니다. 자유의 적들은 공포로 박살 내야 합니다. 공화국을 건립한 여러분에게는 이에 못지않은 권리가 있습니다. 혁명 정부는 폭정에 반기를 드는, 자유의 전제 정치입니다.

어떤 사람들은 '왕당파에게 자비를 베풀라.'라고 외치기도 합니다. 사악한 자들에게 자비를 베풀라고? 안 됩니다! 죄 없는 사람들, 약한 사람들, 불행한 사람들, 인간적인 사람들에게 자비를 베풀어야 합니다! 평화를 사랑하는 시민들만이 사회의 보호를 받아 마땅합니다. 공화국에서는 공화주의자만이 시민이고, 왕당파와 외국인들은 우리 적입니다. 인간성을 억압하는 자들을 처벌하는 일이야말로 자선 행위고, 그들을 용서하는 것은 야만 행위입니다. 내가 보기에 그릇된 감상주의의 모든 조짐은, 탄식하면서 영국이나 오스트리아에 구원병을 애걸하는 것과 같습니다.

민중을 무장 해제하는 것으로는 만족하지 못해, 악덕을 통해 민중이 지닌 힘의 더없이 성스러운 원천에 독을 뿌리려는 자들이 있습니다. 그야말로 자유에 대한 가장 교묘하고, 가장 위험하며, 가장 혐오스러운 공격입니다. 악덕은 귀족주의가 남긴 카인의 낙인입니다. 악덕은 공화국에서 도덕적인 범죄일뿐더러 정치적인 범죄이기도 합니다. 악덕을 행하는 자는 자유의 적입니다. 그런 자가 겉보기에 자유를 위해 커다란 업적을 쌓을수록, 그만큼 더 그는 자유에 위험한 존재가 됩니다. 가장 위험한 시민은 훌륭한 행동을 하기보다는, 빨간 모자를 더 쉽게 무더기로 소모하는 자입니다.

전에는 다락방에 살다가 지금은 으리으리한 마차를 타고 다니며 옛 후작 부인이나 백작 부인 들과 음탕한 짓거리를 벌이는 자들을 생각해 보면, 여러분은 내 말을 쉽게 이해할 겁니다. 민중의 입법자들이 온갖 악덕을 저지르고 옛 궁정 신하들의 온갖 사치를 버젓이 누리고, 혁명 공신들이 돈 많은 여자들과 결혼해 성대한 향연을 베풀고 놀이를 즐기고 하인을 거느리고 값비싼 옷을 입고 다니는 걸 우리는 보아 왔습니다. 그렇다면 한번 물어보겠습니다. 그들은 민중을 수탈한 건가요, 아니면 왕들과 결탁한 건가요? 그들이 착상이 떠올랐다는 둥, 문학을 사랑한다는 둥, 좋은 악상이 떠올랐다는 둥 말하는 것을 들을 때면 우리는 놀라지 않을 수 없습니다. 얼마 전에 어떤 자가 후안무치하게

도 타키투스를 패러디해 날 비웃었습니다.[59] 나는 살루스트로 응수하여 카틸리나를 가지고 풍자할 수도 있었습니다.[60] 하지만 그런 싸움은 필요 없다고 생각했습니다. 그들의 초상화는 완성되었으니까요.

민중을 수탈할 생각만 하고, 그런 일을 자행하고도 아무런 처벌을 받지 않을 거라 기대하는 자들과는 어떤 타협이나 휴전 협정도 할 수 없습니다. 이런 자들에게 공화국은 투기 대상이며, 혁명은 장사 수단에 지나지 않습니다! 자신들의 비행이 봇물처럼 터져 나오자, 공포에 사로잡힌 이들은 남몰래 정의의 숨결을 식히려 합니다. 저마다 이렇게 중얼거리고 있을 것입니다. "우리는 공포 정치를 할 만큼 그리 덕이 있지 않습니다. 현명한 입법자들이여, 우리 약점에 자비를 베푸소서! 나 자신이 부도덕하다고는 여러분에게 말하지 않겠소. 그러니 차라리 나는 여러분에게 '잔인하게 굴지 말라!'라고 말하고 싶소."

안심하십시오, 선량한 민중 여러분. 안심하십시오, 애국 동지 여러분! 리옹에 있는 여러분 형제들에게 전하

---

59) 카미유 데물랭을 두고 하는 말이다. 카미유는 로마 역사가 타키투스(55~120)의 『연대기』를 인용하여 로베스피에르의 공포 정치를 티베리우스 황제의 전제 정치에 비유했다.

60) 로마 역사가 살루스트(B. C. 86~B. C. 36)는 로마 공화국을 전복하려다가 실패한 로마 문벌 카틸리나에 대한 기록을 남겼다. 카미유 데물랭이 로베스피에르를 티베리우스에 비유한 데 맞서, 로베스피에르는 당통을 카틸리나에 비유하고 있다.

시오. 여러분이 믿고 맡긴 법의 칼날은 그것을 넘겨받은 사람들의 손에서 녹슬지 않았다고! 우리는 이 공화국에 위대한 모범을 보여 줄 거요!

(일동 박수.)

많은 목소리   공화국 만세! 로베스피에르 만세!
의장   이것으로 회의를 마치겠습니다.

4장

골목.
라크루아,[61] 르장드르.

라크루아   무슨 짓을 하고 다니나, 르장드르! 자네는 그 흉상들[62]로 누구 머리를 자르게 될지 알기나 하나?
르장드르   기생오라비처럼 하고 다니는 몇 명과 우아한 여자 몇 명이지. 그게 다야.
라크루아   자넨 스스로 무덤을 파고 있어. 자신의 원래 모습을 죽임으로써 자기 자신을 살해하는 그림자란 말이야.

---

61) Jean François de Lacroix(1754~1794). 장교 출신으로 당통의 동조자였다. 1794년 4월 5일에 당통과 함께 처형됐다.
62) 마라와 샬리에의 흉상을 말한다.

르장드르 무슨 말인지 모르겠어.

라크루아 콜로가 자세히 얘기했을 텐데.

르장드르 무슨 소용이야? 또 술에 취했던데.

라크루아 바보와 어린애들…… 그리고 또 누군 줄 아나? 술 취한 사람들은 진실을 말하는 법이야. 로베스피에르가 누구를 두고 카틸리나라고 말한 줄 아나?

르장드르 누군데?

라크루아 문제는 간단해. 무신론자와 과격 혁명가 들을 단두대로 보냈어. 하지만 민중에겐 아무런 도움이 되지 못했어. 민중은 여전히 맨발로 거리를 돌아다니며, 귀족들 가죽을 벗겨 신발을 만들겠다는 거야. 단두대 온도계의 숫자가 내려가서는 안 된다는 거야. 아직 몇 도 더 올라가야 한다는 거지. 공안위원회가 혁명광장에 자기 잠자리를 마련할 수 있도록 말이야.

르장드르 그게 흉상이랑 무슨 관계가 있다는 거지?

라크루아 아직 무슨 말인지 모르겠나? 자넨 공공연하게 반혁명을 외치고 다녔어. 자넨 공안위원들이 힘을 내도록 해 주었어. 자네가 그들에게 손쓸 구실을 마련해 준 거야. 민중은 미노타우로스[63] 같아서 먹지는 않더라도 매주 사람들의 시신을 필요로 하지.

르장드르 당통은 어디 있나?

---

[63] 그리스 신화에 나오는 괴물로 몸은 사람이고 머리는 황소다. 미노스 왕에 의해 크로노스의 미로에 갇혀 인간 제물을 먹고 살았다고 한다.

라크루아 난들 어찌 알겠어! 아마 지금 팔레 루아얄[64]의 창녀
　　　　들을 모조리 건드리며 메디치가의 베누스를 하나씩
　　　　찾고 있겠지. 모자이크를 만들겠다고 말이야. 바로 지
　　　　금 그가 몸 어디에 손을 대고 있는지 누가 알겠나. 메
　　　　데이아[65]가 자기 동생을 토막 내듯이, 애통하게도 자
　　　　연은 아름다움을 토막 내어 인간의 육체에 나누어 놓
　　　　았어.
　　　　우리 팔레 루아얄로 가 보세.

(두 사람 퇴장.)

5장

방.
당통과 마리옹.

마리옹 싫어, 당신 발치에 그냥 앉아 있게 내버려 둬! 당신에
　　　　게 이야기를 들려주고 싶어.
당통 　네 입술을 더 요긴하게 쓸 수 있을 텐데.
마리옹 아니, 날 그냥 내버려 둬.

---

64) 파리의 환락가. 도박장과 레스토랑 그리고 사창가가 있었다.
65) 그리스 신화 속 마법사이자 이아손의 아내. 아버지를 피해 달아나면서 이
복 남동생 압시르토스를 죽이고 사체를 토막 내어 바닷물에 던졌다고 한다.

우리 어머니는 현명한 분이었어. 정절은 미덕이라고 항상 내게 말씀하셨어. 사람들이 우리 집에 와서 이런저런 이야기를 시작하면 어머니는 나보고 방에서 나가라고 했어. 그 사람들이 원하는 게 뭐냐고 내가 물어보면 어머니는 부끄러운 줄 알라고 소리쳤어. 어머니가 내게 책을 읽으라고 주면 난 거의 매번 몇 쪽씩 건너뛰며 건성으로 읽었어. 하지만 성서는 좋아서 읽었어. 성서 내용은 전부 성스러웠지. 하지만 내가 이해할 수 없는 것도 있었어. 그래도 아무한테도 물어보고 싶지 않았어. 나 자신에 대해 곰곰 생각해 보았어. 그러다 봄이 왔지. 주변 어디서나 무슨 일이 일어났어. 난 그런 일에 상관하지 않았어. 하지만 이상한 분위기에 빠져들었지. 거의 숨이 막힐 지경이었어. 내 몸을 살펴보았지. 때로는 내 몸이 둘인 것 같기도 하고, 그러다가 녹아내려 다시 하나가 되는 것 같기도 했어. 그 무렵 한 청년이 집으로 찾아왔어. 그 사람은 잘생겼고 가끔 멋진 이야기도 했어. 나는 그 사람이 뭐 때문에 그러는지 잘 몰랐지만 웃을 수밖에 없었어. 어머니는 그 남자보고 종종 우리 집에 오라고 했어. 우리 둘 다 바라는 일이었지. 결국 우리는 왜 두 사람이 나란히 의자에 앉아도 되지만, 나란히 이불 속에 누우면 안 되는지 잘 이해할 수 없었어. 나는 그 사람 이야기를 듣는 것보다는 그게 더 즐거웠어. 왜 사람들이 보다 사소한 것은 내게 허용하면서, 더 큰 것은 빼앗아 가려 하는지 알 수 없었어. 우린 은밀히 그 짓을 했어. 계속 그런 식으로 나갔지. 난 모든 걸 집어삼키고 점점 더 깊어지는 바다처럼 되었어. 그 남자가 마음에 걸리긴 했지만, 모든 남자들이 한 몸 속으로 녹아내렸어. 일단 내 본성이 그런 걸 누군들 어쩌겠어? 마침내 그 사람이 눈치를 챘지. 어느 날 아침 오더니 내 숨이 막히도록 키스했어. 두 팔로 내 목을 감싸 안았는데, 얼마나 겁이 났는지 말도 못해. 그러다 날 풀어 주더니 웃으면서 말했어. 까딱 잘못했으면 어리석은 짓을 할 뻔했다, 그리고 네 옷 잘 간수해라, 필요할 테니, 언젠가는 이 옷도 해질 거다, 자기는 때가 되기 전에 내 흥을 깰 생각은 없다, 내가 가진 유일한 것이 이 옷이다라고 말이야. 그러고 나서 나가 버렸어. 나는 그 사람이 뭘 원하는지 이번에도 몰랐어. 그날 저녁 나는 창가에 앉아 있었어. 무척 예민해져서 주위 모든 것에 유난히 신경이 쓰였어. 파도 같은 저녁노을에 넋을 놓았지. 그때 길에서 한 무리 사람들이 달려왔어. 아이들이 앞장서 뛰어오고 여자들은 창밖으로 내다보더군. 내려다보니 사람들이 그 사람을 들것에 싣고 지나가더라고. 달빛이 그의 창백한 이마를 비춰 주었어. 곱슬머리는 물에 젖어 있었어. 물에 빠져 죽은 거였지. 난 울지 않을 수 없었어. 그때가 내 삶이 딱 한 번 단절된 순간이었어. 다른 사람들에게는 일요일과 평일이 구분되지. 엿새 동안 일하고 일곱 번째 날에는 기도를 해. 사람들은 해마다 생일을 맞아 가슴이 설레고, 새해엔 일 년 계획을 세우기도 하지. 난 그런 건 전혀 몰라. 난 시간을 구분하지도 못하고, 바뀌지도 않아. 내 생활은 언제나 한결같아. 끝없는 그리움과 자제, 이글거리는 불길과 격정뿐이었어. 어머니는 화병으로 돌아가셨어. 사람들은 내게 손가락질해 댔지. 말도 안 되는 짓이야. 누구든 즐기기 위해 사는 건 다 마찬가지니까. 육체를 즐기든, 성화(聖畵)를 보고 즐거움을 느끼든, 꽃이나 아이들 장난감으로 즐기든 마찬가지야. 가장 많이 즐기는 사람이 가장 많이 기도하는 법이지.

당통   나는 왜 네 아름다움을 내 마음속에 온전히 받아들여 완전히 감싸 안지 못하는 걸까?

마리옹 당통, 당신 입술엔 눈이 달렸어.

당통   대기의 일부가 되어, 너를 내 물결로 씻어 주고 싶구나. 네 아름다운 육체의 파도에 내 몸을 실어 보고 싶구나.

(라크루아, 아델레드, 로잘리 등장.)

라크루아 (문턱에 선 채) 웃기는군, 정말 웃겨.

당통   (언짢아하며) 뭐가?

라크루아 골목에서 일어난 일이 생각나서 그래.

당통   뭔데?

라크루아　골목에서 개들이 말이야, 불도그랑 볼로냐산 애완
　　　　견이 서로 붙어서 낑낑거리잖아.

당통　　그게 어떻다는 건데?

라크루아　방금 생각이 나서 그래. 그래서 웃지 않을 수 없었어.
　　　　그것참, 감동적인 장면이었어! 처녀 애들이 창밖으로
　　　　내다보더군. 조심해야겠어. 그런 처녀들을 양지바른
　　　　곳에 앉게 하면 안 되겠더군. 게다가 파리가 그 애들
　　　　손에 앉아 그 짓을 할지도 몰라. 생각해 볼 문제야.
　　　　나는 르장드르와 함께 방이란 방은 거의 다 돌아다녔
　　　　지. 육체를 통해 계시를 받은 수녀[66]들이 우리 옷자락
　　　　을 잡고 매달리며 축복을 내려 달라더군. 르장드르가
　　　　한 애를 훈련하고 있지.[67] 하지만 그 대가로 그는 한
　　　　달간 금식해야 할 거야.[68] 거기서 나는 육체를 지닌 수
　　　　녀를 둘 데리고 왔어.

마리옹　안녕, 아델레드! 안녕, 로잘리!

로잘리　우리는 참 오랫동안 재미를 못 봤어.

마리옹　정말 안됐구나.

아델레드　아니, 세상에. 우린 밤낮으로 바빴어.

당통　　(로잘리에게) 어이, 귀여운 아가씨, 엉덩이가 날렵해졌
　　　　구나.

로잘리　아, 네, 나날이 좋아져요.

---

66) 창녀를 뜻한다.
67) 수도원에서 쓰이는 말로 성적인 뜻을 암시한다.
68) 성병이 완치되는 데 한 달은 걸릴 것이라는 말.

라크루아　고대의 아도니스[69]와 현대의 아도니스가 어떻게 다르지?

당통　아델레드가 정숙하고 재미있어졌어. 흥미로운 현상이야. 얼굴은 그녀의 온몸을 뒤덮은 무화과나무 잎처럼 보여. 사람들이 많이 다니는 거리[70]에 있는 무화과나무는 시원한 그늘을 드리워 주지.

아델레드　난 들길이 되고 싶은걸요, 만일 나리들이…….

당통　무슨 말인지 알겠어. 화내지 마요, 아가씨!

라크루아　내 말 좀 들어 봐! 현대의 아도니스는 수퇘지가 아니라 암퇘지에게 물어 뜯긴단 말이야. 넓적다리가 아니라 그 위쪽 사타구니에 상처를 입어. 그의 피에선 장미가 아니라, 수은 꽃[71]이 피어나지.

당통　로잘리 양은 복원된 토르소[72] 같아. 허리하고 발만은 고전미 그대로야. 그녀는 나침반 바늘 같아. 한쪽 극이 머리를 밀쳐내면, 다른 쪽 극은 발을 끌어당기지. 가운데 부분은 적도인데, 그 선을 통과하는 자는 누구든 수은 세례[73]를 받지.

라크루아　둘 다 자비로운 수녀야. 모두 양로원에서 근무하지.

---

69) 그리스 신화에서 아프로디테(로마 신화의 베누스)가 사랑한 미소년. 사냥 갔다가 멧돼지에게 물려 죽었지만, 제우스의 명으로 일 년의 3분의 2는 지상에서 아프로디테와 함께, 나머지는 지하세계에서 페르세포네와 함께 지냈다.
70) 매춘부를 의미한다.
71) 매독 치료제인 염화 제2수은을 암시한다.
72) 머리와 팔다리 없이 몸통만으로 된 조각상.
73) 매독에 걸린다는 뜻이다.

말하자면 자기 몸뚱이가 근무처야.

로잘리　창피한 줄 아세요, 우리 귀가 다 빨개져요!

아델레드　예의를 좀 지켜야겠어요!

(아델레드와 로잘리 퇴장.)

당통　잘 가, 예쁜 아가씨들!

라크루아　잘 가, 수은 구덩이들!

당통　가엾은 애들이야. 저녁을 굶게 됐으니.

라크루아　당통, 내 말 좀 들어 봐. 나 자코뱅파 사람들한테서
　　　　　오는 길이야.

당통　아무런 진척이 없었나?

라크루아　리옹 사람들이 선언문을 낭독했어. 그들은 토가[74]를
　　　　　뒤집어쓸 수밖에 없다고[75] 생각하는 모양이야. 모두
　　　　　자기 옆 사람에게 '파이투스, 아프지 않아요.'[76]라고
　　　　　말하려는 듯한 표정들이야.
　　　　　르장드르는 외치더군. 사람들이 샬리에와 마라의 흉
　　　　　상을 박살 내려 한다고. 그 사람이 다시 핏대를 올릴
　　　　　것 같아. 이제 전혀 두렵지 않은 모양이야. 아이들이

---

74) 고대 로마 남자들의 긴 외출용 겉옷.

75) 카이사르는 자기를 죽인 암살자들을 만났을 때 토가를 입고 있었다. 따라
서 리옹 사람들이 죽을 수밖에 없다는 뜻이다.

76) 로마 귀부인 아리아가 비수로 먼저 자신을 찌르고 남편에게 칼을 건네주며
이렇게 말했다고 한다. 두 사람 모두 클라우디우스 황제에게 박해받았다.

거리에서 그의 옷을 잡아당기더군.

당통   그럼 로베스피에르는 어떻던가?

라크루아   연단에서 손가락을 치켜들며 미덕은 공포로 다스려
         야 한다고 말하더군. 그놈의 판에 박은 말 때문에 머
         리가 지끈지끈 아프더군.

당통   그 말로 단두대를 만들 판때기를 짜겠구나.

라크루아   게다가 콜로는 가면을 벗겨야 한다며 정신 나간 듯
         떠들어 댔어.

당통   그러면 얼굴들도 함께 벗겨질 거야.

(파리스[77])가 등장한다.)

라크루아   무슨 일인가, 파브리치우스?

파리스   자코뱅파 사람들한테 갔다가 로베스피에르를 잠깐
         만나고 오는 길이야. 해명을 요구했지. 그는 자기 아
         들을 희생시킬 때의 브루투스[78] 같은 표정을 지으려
         했어. 주로 의무에 대해 말하더군. 자유를 위해서라면
         누구의 사정도 봐주지 않겠다, 누구든지 희생할 수 있
         다고 했어. 자기 자신도, 자기 형제도, 친구도 예외가

77) 파브리치우스라고 불리기도 한다. 혁명재판소 배심원으로 로베스피에르
와 당통을 화해시키려 했다. 체포되기 전에 도망갈 것을 권유하며 당통을 도우
려 했다.
78) Lucius Junius Brutus(B. C. 509~?). 기원전 500년경 왕정을 종식시킨 그
는 아들이 공화국 전복 사건에 가담한 것을 알고 사형을 선고했다.

아니래.

당통   이로써 분명해졌어. 이젠 사다리를 뒤집기만 하면 돼. 로베스피에르가 단두대 아래에 서서, 친구들이 단두대로 올라갈 때 사다리를 붙잡아 줄 거야. 우린 르장드르에게 고마워해야 해. 저들의 입을 열어 놓았거든.

라크루아   에베르 일당은 아직 죽지 않았어. 민중은 경제적으로 비참한 상태지. 바로 무시무시한 지렛대가 될 거야. 피의 저울에 붙은 눈금이 올라가서는 안 돼. 그 저울이 공안위원들을 처단할 가로등이 되지 않는다면. 그자들에겐 배 바닥에 실을 짐이 필요해. 자신들의 안전을 위해 거물급의 머리가 필요한 거지.

당통   난 잘 알아. 혁명은 사투르누스[79]와 같아서 자기 자식들을 잡아먹지. (잠시 생각하고 나서) 하지만 그들이 감히 그러지는 못할 거야.

라크루아   당통, 자네는 죽은 성자로군. 하지만 혁명은 성자의 유물 따위는 몰라. 혁명은 모든 왕들의 유해나 교회의 성상(聖像)들을 길바닥에 내팽개치지 않았나. 사람들이 자네를 기념비로 세워 둘 것 같은가?

당통   내 명성이 있고, 민중이 있어!

라크루아   자네의 명성이라니! 자네는 온건주의자야. 나도 그렇고, 카미유, 필리포, 에로도 마찬가지야. 민중이 볼

---

79) 로마 신화에 나오는 농경과 계절의 신으로 자기 아들을 잡아먹는다. 그리스 신화의 거인 크로노스에 해당한다.

때 나약함과 온건함은 똑같아. 민중은 낙오자는 때려
죽이지. 빨간 모자 구역[80]에 사는 재단사들은, 9월의
사나이[81]인 자네가 자기들과는 달리 온건파임을 알
면, 자신들의 바늘에서 로마 역사 전체를 느낄 거야.

당통   그럴 만도 하지. 그런데 그건 그렇고, 민중은 어린아
이와 같아서 안에 든 게 무엇인지 보려고 뭐든지 다
때려 부숴야 직성이 풀리지.

라크루아   그런데 그것 말고도 당통, 우리는 로베스피에르 말
처럼 악덕에 물들었어. 즉 우리는 향락에 빠졌어. 하
지만 민중은 도덕적이지. 다시 말해 향락을 몰라. 일
만 하는 바람에 쾌락을 느끼는 감각 기관이 무뎌졌기
때문이지. 또 돈이 없으니 곤드레만드레 취하지도 못
해. 목구멍에서 치즈나 청어 냄새가 나서 사창가에도
못 가지. 그 냄새를 맡으면 유곽 아가씨들이 구역질할
테니 말이야.

당통   거세된 남자가 온전한 남자를 싫어하듯, 민중은 향락
을 즐기는 자들을 증오하는 거야.

라크루아   사람들은 우릴 난봉꾼이라고 부르는데, (당통의 귀
에 바짝 대고) 우리끼리 이야기지만, 아주 근거 없는 말
은 아니야. 민중과 로베스피에르는 덕을 갖추게 될 거
야. 생쥐스트는 장편 소설을 쓸 거고, 바레르는 카르

---

80) 혁명 기간 동안 파리의 마흔여덟 개 행정 구역 중 하나. 빨간 모자는 자코
뱅파의 표식이다.
81) 당통을 가리킨다.

마뇰[82]을 만들어 국민공회를 피의 외투로 뒤덮을 거야. 모든 게 눈에 선해.

당통   자네, 꿈을 꾸고 있군. 그자들은 나 없이는 결코 용기를 내지 못했어. 그자들 중에는 나한테 맞설 놈이 하나도 없어. 혁명은 아직 끝나지 않았어. 저들에겐 아직 내가 필요할 거야. 저들은 자신들의 병기 창고에 나를 잘 모셔 둘 거야.

라크루아   우린 행동을 개시해야 해.

당통   두고 보자고.

라크루아   우리가 진 후에 두고 보자고?

마리옹   (당통에게) 당신 입술이 차가워졌어. 당신 말에 키스가 질식했나 봐.

당통   (마리옹에게) 많이 기다렸구나! 그래도 기다린 보람이 있을 거야!
        (라크루아에게) 내일 로베스피에르에게 가 봐야겠어. 약을 올려 줘야지. 그러면 입 닫고 가만있지 않을 거야. 그러니까 내일 말이야! 잘 가게, 친구. 잘 가. 얘기해 줘 고맙네!

라크루아   가게나, 친구들, 가게나! 잘 자게, 당통! 저 아가씨 허벅지가 자네를 단두대로 보낼 거야. 그 베누스의 산[83]

---

82) 원래 폭동을 일으킨 마르세유 사람들이 입었던 짧은 웃옷인데, 나중에 자코뱅파의 평상복이 되었다.
83) 여성 음부의 둔덕을 가리킨다.

이 자네에겐 타르페이아의 바위[84])가 될지도 몰라.

(퇴장.)

6장

방.
로베스피에르, 당통, 파리스.

로베스피에르   자네한테 말해 두겠는데, 내가 칼을 빼 들 때 내
　　　　 팔을 막는 자는 다 내 적이야. 그자의 원래 의도가 뭐
　　　　 든 상관없이 말이야. 나 자신을 방어하는 걸 방해하는
　　　　 자는, 날 공격하는 것과 마찬가지고, 날 죽이려는 거
　　　　 나 다름없어.
당통   정당방위가 끝나는 지점에서 살인이 시작되는 거야.
　　　　 나는 우리가 왜 사람들을 더 죽여야 하는지 모르겠어.
로베스피에르   사회 혁명은 아직 끝나지 않았어. 혁명 과업을
　　　　 절반밖에 완수하지 못한 자는 자기 자신의 무덤을 파
　　　　 게 돼. 상류 사회는 아직 죽지 않았어. 온갖 못된 짓을
　　　　 저지르는 상류 계급 대신에 건전한 민중 세력이 들어
　　　　 서야 돼. 악덕은 처벌받아야 하고, 미덕은 공포로 다
　　　　 스려야 해.

---

84) 고대 로마에서 정치범들을 처형하는 장소였다.

당통 나는 처벌이란 단어를 이해 못 하겠어.

자네가 말하는 미덕이란 단어도, 로베스피에르! 자네
는 돈을 챙긴 적도 없고, 빚을 져 본 적도 없어. 그리고
여자들과 잠자리를 함께한 적도 없지. 언제나 단정한
옷을 입고 다녔고, 술에 취한 적도 없어. 로베스피에
르, 자네는 겁날 정도로 반듯한 사람이야. 나 같으면
삼십 년 동안이나 한결같이 도덕적인 얼굴로 하늘과
땅 사이를 돌아다니는 게 부끄러울 것 같아. 그건 나
보다 남이 더 나쁘다고 생각하려는 고약한 심보에 불
과해.

자네 마음속에서 뭔가가 때때로 아주 나지막한 소리
로, 은밀히 속삭이지 않던가? '넌 속이고 있어, 넌 자
신을 속이고 있단 말이야!'

로베스피에르 내 양심은 깨끗해.

당통 양심이란 원숭이가 자기 앞에 놓고 보면서 고민하는
거울 같은 거야. 누구나 할 수 있는 만큼 자신을 치장
하지. 그러면서 나름대로 즐거움을 누리는 거지. 머리
칼을 쥐어뜯으며 격하게 싸울 만한 보람이 있는 일이
야. 만일 다른 누군가가 그 즐거움을 망치려고 한다
면, 누구나 저항할 거야. 자네가 언제나 깨끗하게 솔
질한 옷을 입고 다닌다고 해서, 단두대를 다른 사람들
의 불결한 세탁물을 헹굴 빨래 통으로 만들고, 그들의
잘린 머리로 더러운 옷의 얼룩을 뺄 비누를 만들 권리
가 자네에게 있다고 생각하나? 그래, 만약 그들이 자

네 옷에 침을 뱉거나 옷을 찢어 구멍을 내려고 한다면, 자넨 방어해야겠지. 하지만 그들이 자네를 가만히 놓아두는데, 자네가 상관할 게 뭐 있겠는가? 그들이 아무 거리낌 없이 돌아다닌다고 해서, 자네에게 그들을 무덤에 처넣을 권리가 있단 말인가? 자네가 하늘에서 내려보낸 헌병이라도 된단 말인가? 자네의 자애로운 하느님처럼 가만히 지켜볼 수만 없다면 손수건으로 두 눈을 가리든가 하게.

로베스피에르　자네는 미덕을 부정하는 건가?

당통　악덕도 부정하지. 거칠든 세련되든 어차피 세상엔 향락주의자들만 있어. 그리스도는 가장 세련된 향락주의자였어. 나에겐 거친 향락주의자냐, 세련된 향락주의자냐 여부가 인간들 사이에서 찾아낼 수 있는 유일한 차이라네. 사람은 누구나 자기 본성에 따라 행동하지. 다시 말해 자기 편한 대로 행동한단 말이야.

그렇지 않은가, 청렴한 친구여? 자네 발꿈치를 이렇게 밟다니 내가 못할 짓을 한 것은 아닌가?

로베스피에르　당통, 악덕이 때로는 대역죄가 될 수도 있어.

당통　악덕을 너무 매도하지 말게. 진정으로 하는 말이야. 그건 배은망덕한 일일지도 몰라. 자네는 악덕에게서 너무 많은 덕을 보고 있어. 말하자면 악덕과 대조되면서 말이야.

게다가 자네 생각대로라면, 우리 거사는 공화국에 도움이 되어야 해. 그러려면 죄 없는 사람들을 죄인 취급해서는 안 되지.

로베스피에르　죄 없는 자가 당했다고 누가 자네에게 말하던가?

당통　파브리치우스가 하는 말 들어 보았나? 죄 없이 죽은 사람은 한 명도 없다더군! (파리스 쪽으로 가며) 잠시도 지체해서는 안 되겠어, 본때를 한번 보여 줘야겠어!

(당통과 파리스 퇴장.)

로베스피에르　(혼자서) 갈 테면 가라지! 저 친구는 혁명의 말〔馬〕을 사창가에 매어 두려는 거야. 마치 마부가 잘 길든 노새를 매어 두듯 말이야. 하지만 혁명의 말들에겐 저자를 혁명광장으로 끌고 갈 힘이 충분해.

내 발꿈치를 밟는다고! 내 생각대로라면이라고!

잠깐! 가만있자! 정말일까? 사람들은 말할지도 몰라. "저자의 거대한 모습이 너무 큰 그림자를 내게 드리워서, 내가 저자에게 태양을 가리지 말라고 일렀을지도 모른다."[85]라고.

혹시 그들의 말이 옳은 게 아닐까?

꼭 그럴 필요가 있을까? 그래, 그래! 공화국을 위해서야! 저자는 없어져야 해. 이것 참 우습군. 내 생각이 왜 이리 갈팡질팡할까.

---

85) 그리스 철학자 디오게네스가 알렉산더 대왕에게 "햇빛을 가로막지 마시오!"라고 소원을 말한 것을 연상시킨다.

저자는 없어져야 해. 앞으로 몰려가는 군중 속에서 멈춰 서는 자는, 흐름을 거스르는 거고 저항하는 거나 다름없지. 그런 자는 짓밟히기 마련이야.

우리는 혁명의 배가 저런 자들의 얕은 계산이나 진흙투성이 둑에 좌초하도록 내버려 둘 수는 없어. 항해를 감히 막으려는 자들의 손을 잘라 버려야 해. 배를 이로 아무리 꽉 물고 있다 하더라도!

죽은 귀족의 옷을 벗겨서 입고 다니다 그들의 문둥병을 물려받은 자들은 없애 버려야 해!

미덕이 필요 없다고! 미덕이 내 신발 뒤꿈치란 말이지! 내 생각대로라면이라고!

왜 자꾸만 이런 생각이 들지.

왜 이런 생각을 떨쳐 버릴 수 없는 걸까? 이 생각이 피 묻은 손가락으로 계속 저기, 저기 하고 가리켜! 헝겊으로 손가락을 아무리 단단히 동여매도 피가 계속 멈추지 않는구나.

(잠시 후) 왜 내 마음속 한쪽이 다른 쪽을 속이는지 알 수 없어.

(창가로 간다.) 밤이 대지 위에서 코를 골고, 어지러운 꿈을 꾸며 뒹구는구나. 평소에는 거의 염두에 두지 않은 생각과 소망이 뒤섞이고 형태도 없이, 낮의 밝은 빛을 피하며 살금살금 기어 다니더니, 이제 형체를 갖추고 옷을 입고는, 꿈의 고요한 집으로 몰래 들어가는구나. 대문을 열고 창밖을 내다보는구나. 이제 반쯤

육신도 얻어, 잠 속에서 사지를 쭉 뻗고, 입으로 뭐라고 중얼거리는군.

우리는 깨어 있지만, 보다 선명한 꿈을 꾸는 게 아닐까? 우리는 혹시 몽유병 환자가 아닐까? 우리 행동이 꿈속 행동처럼 보다 분명하고, 보다 확고하고, 보다 완벽하지 말라는 법이 있는가? 그렇다고 누가 우리를 비난할 것인가? 우리의 게으른 신체 기관이 몇 년에 걸쳐 할 수 있는 것보다 더 많은 사고 행위를 정신은 한 시간 안에 해치울 수 있지. 죄는 생각 속에 있는 거야. 생각이 행동으로 옮겨지든, 신체가 생각을 흉내 내어 움직이든, 우연 때문에 생기는 일이지.

(생쥐스트[86]가 등장한다.)

로베스피에르   어이, 거기 어두운 데 누구 없나? 어이, 불, 불 좀 가져와!
생쥐스트   내 목소리 알아듣겠나?
로베스피에르   아, 자네로군. 생쥐스트!

(하녀가 등불을 하나 가지고 온다.)

---

86) Louis Antoine Léon de Saint-Just(1767~1794). 언론인이자 소설가이며 로베스피에르의 최측근으로 공포 정치를 열렬히 옹호했다. 테르미도르 반동 때 체포되어 로베스피에르와 함께 단두대의 이슬로 사라졌다.

생쥐스트　자네 혼자 있었나?

로베스피에르　방금 당통이 다녀갔어.

생쥐스트　오는 길에 팔레 루아얄에서 그를 만났어. 그 녀석 혁
　　　　　명가인 양 뻐기며 마구 너스레를 떨더군. 평민들하고
　　　　　터놓고 이야기하고, 창녀들은 그 녀석 꽁무니를 졸졸
　　　　　따라다니고, 사람들은 멈춰 서서 그자가 한 말을 서로
　　　　　귀에 대고 수군거리더군.

　　　　　자칫하다간 선수를 빼앗길 것 같아. 그런데도 자꾸 망
　　　　　설일 거야? 우린 자네 없이도 행동할 거야. 우린 결정
　　　　　을 내렸어.

로베스피에르　무얼 하겠다는 건데?

생쥐스트　입법위원회, 안보위원회, 공안위원회를 정식으로
　　　　　소집할 거야.

로베스피에르　번거로운 일이 많을 텐데.

생쥐스트　우린 저 위대한 시체를 품위 있게 매장해야 해. 살인
　　　　　자가 아니라 성직자처럼 말이야. 시체를 토막 내서는
　　　　　안 되고 사지를 모두 같이 묻어야 해.

로베스피에르　좀 더 분명하게 말해 보게!

생쥐스트　완전 무장한 그를 묻어야 하고, 그의 말과 노예 들도
　　　　　모조리 그의 무덤 봉분에서 때려죽여야 해. 라크루아
　　　　　말이야…….

로베스피에르　그자는 세상이 다 아는 난봉꾼이지. 한때는 변
　　　　　호사 서기도 했고. 지금은 프랑스의 장군이지만 말이
　　　　　야. 계속 말해 보게!

생쥐스트 에로세셸 이자는…….

로베스피에르 그 멋쟁이 녀석 말이로군!

생쥐스트 그는 헌법 조문의 멋지게 그린 머리글자와 같은 존
　　　　　재야. 그런 장식물은 우리에게 더 이상 필요하지 않
　　　　　아. 그자도 제거될 거야.

　　　　　그리고 필리포와 카미유…….

로베스피에르 그자들도?

생쥐스트 (로베스피에르에게 종이를 건네주며) 내 생각은 그래.
　　　　　읽어 보게!

로베스피에르 아하, 《르 비외 코르들리에》[87]로군! 이것 말고는
　　　　　없어? 이 친구는 어린애야. 자네들을 보고 그저 비웃
　　　　　은 거야.

생쥐스트 여기, 여기를 읽어 보게! (한곳을 가리킨다.)

로베스피에르 (읽어 본다.) “피의 메시아 로베스피에르, 이자는
　　　　　골고다 언덕에서 두 도적 쿠통[88]과 콜로를 양옆에 두
　　　　　고, 희생당하는 대신 남을 희생시키고 있다. 그 아래에
　　　　　는 단두대의 극성맞은 여신도들이 마리아와 막달레
　　　　　나[89]처럼 서 있다. 로베스피에르에게 마치 요한처럼
　　　　　소중한 생쥐스트는 자기 스승의 묵시록을 국민공회
　　　　　에 공표하고 있다. 그는 자기 머리를 성체 현시대(聖

---

87) Le vieux cordelier. 카미유 데물랭이 발행했던 온건 자코뱅파 기관지.

88) Georges Auguste Couthon(1755~1794). 공안위원회 위원이자 로베스피에
르의 추종자였다. 로베스피에르와 함께 처형당했다.

89) 예수가 십자가에 매달릴 때 현장에 있던 증인들이다.

體顯示臺)처럼 쳐들고 다닌다."

생쥐스트   나는 이자도 자기 머리를 성자 드니[90]처럼 들고 다니게 할 거야.

로베스피에르   (계속 읽는다.) "메시아의 말끔한 연미복이 프랑스의 수의란 말인가? 법정에서 까딱거리던 그의 앙상한 손가락이 단두대의 칼날이란 말인가?

그리고 자네, 바레르,[91] 자네는 혁명광장에서 주화가 만들어진다고 했지! 하지만, 난 자네 같은 낡은 자루[92]는 들춰내고 싶지 않아. 그자는 남자들을 대여섯 명이나 거느렸다가 그들 모두를 땅에 묻게 거들어 준 과부 같은 녀석이야. 누가 이를 탓할 수 있겠는가? 다 자기 재주인데. 그자는 사람들이 죽기 반년 전에 이미 그들 얼굴에서 히포크라테스가 묘사한 죽어 가는 사람의 표정[93]을 본다지. 하기야 시체 옆에 앉아 썩어 가는 냄새를 맡고 싶어 하는 사람이 어디 있겠는가?" 그러면 카미유 너도?

---

90) 프랑스의 국민 성자. 273년 몽마르트르에서 참수된 후 자기 머리를 들고 파리 교외까지 걸어갔다고 한다.
91) Bertrand Barère de Vieuzac(1755~1841). 지롱드파에서 산악당으로 넘어가 공안위원회의 가장 과격한 구성원이 되었다. 속으로는 당통의 견해에 따르면서도 겉으로는 로베스피에르 일파에 붙어 명맥을 유지하다 당통이 죽은 후 비요바렌 및 콜로와 공모하여 로베스피에르 정권을 전복하는 데 앞장섰다.
92) 바레르의 성 비외자크(Vieuzac)를 따라 지은 별명이다.
93) 그리스 의사 히포크라테스(B. C. 460~B. C. 377)는 「전조」라는 글에서 죽어 가는 사람의 얼굴 표정에 대해 묘사했다.

그자들을 처치해 버려야지! 어서 서둘러! 죽은 자들만이 다시 돌아올 수 없어. 탄핵할 준비는 되었나?

생쥐스트 그건 어렵지 않아. 자네가 자코뱅파 사람들에게 암시를 주었으니까.

로베스피에르 그때는 그들에게 겁주려는 것뿐이었지.

생쥐스트 나는 이제 실행에 옮기기만 하면 돼. 위조자들[94]에게는 달걀을, 외국인들[95]에게는 사과를 주는 거야. 놈들은 식탁에서 죽고 말 거야. 내 장담하지.

로베스피에르 그러면 서둘러, 내일이라도 당장! 죽음과의 싸움이 길어서는 안 돼! 난 며칠 전부터 신경이 예민해. 어서 서둘러!

(생쥐스트 퇴장.)

로베스피에르 (혼자서) 그렇고말고, 난 피의 메시아야. 피의 메시아는 희생당하지 않고 남을 희생시키지. 그리스도는 자신의 피로 인간을 구원했지만, 나는 그들 자신의 피로 그들을 구원하겠어. 그리스도는 인간이 죄를 범하게 했지만, 나는 스스로 죄를 짊어질 거야. 그리스도는 고통의 희열을 맛보았지만, 나는 사형 집행인의 고통을 맛볼 거야. 그렇다면 자신을 더 많이 부정한

---

94) 샤보, 델로네, 데글랑틴 등은 동인도 무역회사를 위해 문서를 위조했다.
95) 당통 일파와 함께 재판을 받은 외국인들을 가리킨다.

자는 누구인가, 나인가 그리스도인가? 하지만 이런 생각들이 어쩐지 어리석게 느껴지는구나.

왜 우리는 언제나 그 독생자만 바라보는 거지? 정말이지 예수는 우리 모두의 마음속에서, 십자가에 못 박힌 분으로 남아 있어. 우리 모두는 겟세마네 동산에서 피땀 흘리며 애쓰지만, 자신의 상처로 남을 구원한 사람은 아무도 없었어.

나의 카미유! 모두 내 곁을 떠나가는구나. 모든 게 황량하고 텅 비었어. 난 혼자야.

(막)

2막

1장

방.
당통, 라크루아, 필리포, 파리스, 카미유 데물랭.

카미유 서둘러야 해, 당통. 우리에겐 꾸물거릴 시간이 없어.

당통 (옷을 입으며) 하지만 시간이 우릴 꾸물거리게 하는걸. 참 지겨운 일이야. 항상 속옷을 먼저 입고, 그 위에 바지를 입어야 한다니. 밤엔 잠자리에 들어갔다가 아침에는 다시 기어 나와야 한다니. 그리고 언제나 한쪽 발을 다른 발보다 먼저 내디뎌야 한다니. 어떻게 달라질 조짐이 보이지 않으니. 참으로 서글픈 일이야. 이미 수백만 사람들이 이런 식으로 살아왔고, 또 앞으로

도 이렇게 살아가겠지. 게다가 우리 몸은 반으로 나누
어져 양쪽이 매번 똑같은 일을 하느라, 모든 게 곱절
로 일어난단 말이야. 참으로 서글픈 일이야.

카미유 꼭 어린애 같은 소리만 하는군.

당통 죽어 가는 사람은 종종 유치해진다네.

라크루아 자네 그렇게 머뭇거리다가는 결국 자신을 망치고
말 거야. 자네 동료들까지도 모두 함께 끌고 갈 거야.
자네 주위에 모일 때가 되었다고 겁쟁이들에게 알리
게. 골짜기 사람들과 산(山) 사람들[96]을 모두 불러 모
으게. 공안위원들이 독재를 한다고 소리 높여 외치고,
폐부를 찌르는 말을 하고, 브루투스[97]를 불러내게. 그
러면 그 호민관들은 자네를 두려워할 거고, 에베르의
공범으로 몰린 자들도 자네 주위에 몰려들 거야! 분
노에 자신을 한번 맡겨 보라고. 적어도 우리가 무기를
빼앗긴 채 굴욕을 당하며, 치욕스러운 에베르처럼 죽
게 하지는 말아야지.

당통 자네 기억력이 형편없군. 자네는 날 죽은 성자라고 불
렀지. 자네가 생각했던 것 이상으로 자네 말이 맞았
어. 난 분과위원회에 다녀왔어. 날 경외하는 눈치들이
었지만, 하나같이 초상 치른 사람들처럼 슬픈 표정들
이었어. 난 이제 쓸모없는 유물(遺物)에 불과해. 골목

---

96) 국민공회에서 아래쪽엔 온건파가 위쪽엔 강경파가 앉던 것에서 나온 말.
97) Marcus Junius Brutus(B. C. 85~B. C. 42). 카이사르 암살에 가담한 카이
사르의 심복.

에 내던져지는 유물 말이야. 자네 말이 옳았어.

라크루아   자넨 사태가 왜 이 지경이 되게 놓아두었나?

당통   이 지경이 되게? 그래, 정말이지, 난 요즘 지겨워졌어.
늘 같은 옷을 입고, 같은 표정을 지으며 돌아다니는
게! 참 가여운 일이야. 줄 하나로 늘 같은 소리만 내는
초라한 악기가 된다는 건! 도저히 참을 수 없는 일이
야. 난 그냥 편히 살고 싶었어. 이제 그렇게 되었어. 혁
명으로 나는 안식을 얻었지. 하지만 내가 생각했던 안
식이 아니었어.

그건 그렇고, 우리는 무엇에 의지해야 하지? 우리 창녀
들은 아직 단두대의 극성맞은 여신도들과 겨루어 볼
수 있겠지. 그 밖에 누가 우리를 도와줄지 모르겠어. 손
가락으로 꼽을 정도야. 자코뱅파는 미덕이 세상을 지
배하는 날이 왔다고 떠들어 대고, 코르들리에파[98]는
날 에베르를 처형한 사형 집행인이라고 부르지. 교구
위원회는 참회하고 있고, 국민공회는…… 그래, 국민
공회가 한 가지 방법이 될지도 몰라! 하지만 5월 31일
과 같은 일[99]이 또 한 번 일어난다면, 국민공회 의원
들이 호락호락 물러서지는 않을 거야. 로베스피에르
는 혁명의 교의니까, 지워 버릴 수 없지. 그러니 그것
도 안 될 것 같군. 우리가 혁명을 만든 게 아니라, 혁명

---

98) 성 야고보 수도원에서 모이던 자코뱅 클럽 회원들.
99) 1793년 5월 31일 산악당이 지롱드파를 공격했다.

이 우리를 만들었어.

그리고 일이 성사된다고 하더라도, 난 남을 단두대로 보내기보다는 차라리 스스로 단두대에서 처형당하겠어. 이제 신물이 나. 왜 우리 인간들이 서로 싸워야 하지? 이젠 서로 나란히 앉아 쉬는 게 좋지 않겠나. 우리가 창조될 때부터 실수가 있었던 거지. 우리에겐 뭔가 부족해. 그걸 뭐라 말해야 좋을지는 모르지만 말이야. 하지만 그걸 찾아내겠다고 서로의 내장을 파헤쳐서는 안 되겠지. 우리가 서로의 몸을 찢어발겨야겠나? 그만두세. 우리는 가련한 연금술사들이야!

카미유   보다 격정적으로 말해 보겠네. 인류는 영원히 굶주리며 얼마나 오랫동안 자신의 사지를 마구 뜯어 먹어야 하는가? 또는 난파선 위 우리 조난자들은 채워지지 않는 갈증으로 얼마나 오랫동안 서로의 혈관에서 피를 빨아 먹어야 하는가? 아니면, 육신을 지닌 우리 대수학자[100]들은 영원히 풀리지 않는 미지의 X를 찾느라 찢어진 사지로 얼마나 오랫동안 계산을 써 내려가야 하는가?

당통   자네는 잘 울리는 메아리로군.

카미유   그렇고말고. 권총도 천둥 같은 소리를 내지 않는가. 소리가 클수록 자네에게 유리하지. 자네 곁엔 항상 내

---

100) 질풍노도 시기 작가 렌츠의 소설 『체르비노 또는 새로운 철학』(1776)을 암시한다.

가 있어야 해.

필리포   그러면 프랑스가 자신의 사형 집행인들 수중에 넘어
가게 그냥 놔둔단 말인가?

당통   그게 무슨 상관인가? 사람들은 그 편이 훨씬 좋다고
생각하지. 그들은 불행해. 자극을 받아 고상해지고 미
덕을 갖추거나 재치 있게 되기 위해, 아니면 지루해지
지 않기 위해 더 많은 것을 요구할 수 있겠나?

그런데 그들이 참수형을 당하든, 열병으로 죽든, 혹은
제명에 죽든, 다를 게 뭐 있겠나! 팔다리를 유연하게
움직이며 무대 뒤로 물러나다가, 다시 한 번 멋진 몸
짓으로 관객의 박수갈채를 받는 건 해 볼 만하지. 아
주 점잖은 행동이니까 우리에게도 어울리겠지. 결국
정말로 칼에 찔려 죽는다 하더라도, 우린 항상 무대
위에 서 있는 거야. 우리 수명이 약간 단축되는 건 그
런대로 좋은 일이지. 옷이 너무 커서 우리 몸에 딱 맞
지는 않았어. 인생이란 짧은 경구(警句)야, 뭐 그런 거
지. 노래 오륙십 곡으로 된 서사시를 엮어 갈 만한 호
흡과 정신을 갖춘 자가 어디 있겠어? 이제는 큰 통이
아니라 조그만 술잔으로 진수를 조금 마실 때가 되었
어. 주둥이를 채우기엔 술잔으로도 충분해. 전에는 이
볼품없는 통으로 단 몇 방울도 따라 마실 수 없었지.
급기야, 나는 산다는 게 너무 힘들다고 소리치지 않을
수 없어. 삶을 지탱하기 위해 애쓰며 노력할 가치는
없어.

파리스　그러니 달아나야지, 당통!

당통　조국을 신발 밑창에 달고 다닐 수 있겠나?[101] 그리고 마지막으로 하는 얘긴데, 바로 이게 중요해. 그들이 감히 그런 짓은 못 할 거야. (카미유에게) 이봐, 친구. 자네한테 말하겠는데, 그들은 감히 그런 짓은 못 할 거야. 잘 있어, 또 봐!

(당통, 카미유 퇴장.)

필리포　저 친구 가 버리는군.

라크루아　그가 한 말을 한마디도 믿지 말게. 너무 게을러빠졌어! 저 친구는 연설을 하느니 차라리 단두대에 서겠다는 거야.

파리스　어떡하면 좋을까?

라크루아　집에 가서 루크레티아[102]처럼 품위 있게 죽을 궁리나 해야지.

---

101) 하이네의 『독일. 겨울동화』에도 같은 표현이 나온다.

102) 고대 로마 전설에 따르면, 그녀는 콜라티누스라는 귀족의 아내로 아름답고 덕망이 있었다고 한다. 그녀의 비극은 폭군 타르퀴니우스의 아들인 섹스투스 타르퀴니우스에게 능욕당하면서 시작되었다. 그녀는 아버지와 남편으로부터 타르퀴니우스 가문에게 복수해 주겠다는 약속을 받아 낸 뒤 칼로 자살했다. 그러자 격노한 군중이 반란을 일으켜 타르퀴니우스 가문을 로마에서 몰아냈다. 이 사건(기원전 509년에 일어났던 것으로 전해진다.)을 계기로 로마 공화국이 세워졌다. 루크레티아의 이야기는 셰익스피어의 서사시 「루크레티아의 능욕」에서 재조명되었다.

2장

산책로.

산책 나온 사람들.

시민   내 착한 자클린이, 나는 코른이라 말하려 했는데……
       코르라고…….

시몽   코르넬리아, 이봐요, 코르넬리아예요.

시민   내 착한 코르넬리아가 기쁘게도 내게 사내아이를 낳
       아 줬어요.

시몽   공화국에 아들을 낳아 주었군요.

시민   공화국에라, 그건 너무 일반적인 표현이군요. 가령 말
       하자면…….

시몽   개체는 보편적인 것에 귀속해야 한다는 말이겠지요.

시민   아, 그래요, 내 마누라도 그렇게 말하지요.

떠돌이 가수   (노래한다.)

       무엇일까, 그게 무엇일까?

       뭇 남자들의 기쁨과 쾌락이란.

시민   아, 이름을 뭐라고 지을까? 도무지 생각이 안 나는군.

시몽   피케,[103] 피케 마라[104]라고 지어요.

떠돌이 가수   (노래한다.)

---

103) 피케(Pike)는 보병의 창을 뜻한다.

104) 당시에 마라나 로베르피에르 등의 이름은 혁명을 의미했다.

근심 걱정하면서

새벽부터 하루가 끝나도록

애를 쓴다네.

시민   이름 세 개면 좋겠는데. 3이라는 숫자에는 뭔가 그럴

듯한 게 있어. 쓸모 있고 정의로운 무언가가. 이제야

생각나는군.

플루크,[105] 로베스피에르.

그럼 세 번째 이름은 뭐라고 하지?

시몽   피케.

시민   고맙소. 피케, 플루크, 로베스피에르. 예쁜 이름이군,

아주 멋지군요.

시몽   말해 두겠는데, 당신 부인 코르넬리아의 가슴은 로마

늑대[106]의 젖처럼 될 거요. 아니야, 안 돼. 로물루스는

독재자였으니까. 그건 안 되지. (지나간다.)

거지   (노래한다.)

한 줌의 흙과 약간의 이끼는…….

나리, 마님!

신사1   녀석아, 일을 해. 사지가 멀쩡한 녀석이!

신사2   자! (거지에게 돈을 준다.) 이 친구 손이 비단결 같군.

염치없구먼.

---

105) 플루크(Pflug)에는 쟁기라는 뜻이 있다.

106) 전설에 따르면 로마의 건국자 로물루스와 레무스 형제는 늑대 젖을 먹고
자랐다.

거지   나리, 그 옷은 어디서 난 건가요?

신사2 일을 해. 일을! 자네도 똑같은 옷을 입을 수 있어. 자네에게 일자리를 줄 테니까, 한번 찾아오라고. 우리 집 주소는⋯⋯.

거지   나리, 일은 뭐 때문에 하는데요?

신사2 이런 바보 같으니, 옷을 얻기 위해서지.

거지   향락을 맛보려고 고생하셨군요. 그런 옷은 향락을 위한 거니까요. 하지만 누더기를 입고도 즐길 수 있어요.

신사2 물론이지. 그러니 자네가 그런 옷을 걸치고 있겠지.

거지   저보고 바보라고 했죠! 피차일반입니다. 햇빛은 구석에도 따뜻하게 비치지요. 그러니 누더기를 입어도 끄떡없어요.

      (노래한다.)

      한 줌의 흙과 약간의 이끼는⋯⋯.

로잘리 (아델레드에게) 달아나, 저기 군인들이 와! 우린 어제부터 따뜻한 걸 하나도 못 먹었어.

거지   언젠가 이 지상에도 내 마지막 행운은 있겠지! 나리, 마님!

병사   잠깐! 아가씨들, 어디 가는 거야? (로잘리에게) 몇 살이야?

로잘리 내 새끼손가락만큼 나이 먹었어요.

병사   아주 관능적인 아가씨로군.

로잘리 아주 무딘 분이군요.

병사   그럼 아가씨한테 한 수 배워야겠군.

(노래한다.)

크리스틴, 사랑하는 나의 크리스틴.

그대 상처가 아픈가요, 상처가.

상처가 아픈가요, 상처가?[107]

로잘리 (노래한다.)

아, 천만에요, 군인 아저씨.

더 해 주셔도 좋아요. 더 해 주셔도.

더 해 주셔도 좋아요, 더 해 주셔도!

(당통, 카미유 등장.)

당통 흥겹지 않은가?

어쩐지 분위기가 심상치 않아. 태양이 음탕한 생각을 품은 것 같아.

저 아래로 뛰어가서, 바지를 훌러덩 벗어 던지고, 거리의 개들처럼 뒤에다 대고 그 짓이나 하고 싶지 않은가? (지나간다.)

젊은 신사 아, 부인. 종소리가 울려 오는군요. 나무들 사이로 저녁놀이 물들고, 별 하나가 깜빡여요…….

부인 꽃 내음! 자연의 즐거움, 자연을 순수하게 즐기는 것! (자기 딸에게) 봐, 외제니. 미덕을 지닌 사람에게만이

---

107) 당시 헤센 지방 군인들이 부르던 노래.

이런 것을 볼 눈이 있단다.

외제니 　(어머니 손에 입맞춤한다.) 아, 엄마. 내 눈엔 엄마밖에 안 보이는데.

부인 　기특하기도 해라!

젊은 신사 　(외제니에게 귓속말하며) 저기 노신사와 함께 있는 예쁜 아가씨가 보이지요?

외제니 　아는 아이예요.

젊은 신사 　저 아가씨는 머리를 어린애처럼 하고 다닌다고 사람들이 수군대더군요.

외제니 　(웃으며) 입버릇이 고약하군요.

젊은 신사 　저기 아가씨하고 나란히 가는 노신사는 꽃봉오리가 부풀어 오르는 걸 보고, 그걸 갖고 햇빛 속을 돌아다니며 산책하다가는, 자기가 그것을 자라게 한 뇌우라고 말한다면서요.

외제니 　아이, 망측해라! 얼굴이 다 붉어질 것 같아.

젊은 신사 　내 얼굴은 창백해질 것 같은데. (퇴장.)

당통 　(카미유에게) 제발 나보고 진지해지라고는 요구하지 말아 주게! 나는 알다가도 모르겠어. 왜 사람들이 거리에서 멈춰 서서 서로 얼굴을 마주 보며 웃지 않는지를. 내 말은 사람들이 창밖을 내다보며 웃고, 무덤에서도 웃어야 한다는 거야. 하늘도 폭소를 터트려야 하고, 땅도 포복절도해야 한다는 거지. (퇴장.)

신사1 장담하건대, 이건 특별한 발견입니다! 이 발견으로 모든 기교적인 예술의 모습은 달라질 것입니다. 인류는 이제 큰 발걸음으로 숭고한 사명을 향해 매진합니다.

신사2 새 작품 보셨어요? 「바빌론의 탑」 말입니다! 어지럽게 얽힌 수많은 둥근 천장이며 조그만 계단이며 통로, 그 모든 걸 삽시간에 대담하게 공중으로 날려 버렸지요. 발걸음을 하나씩 옮길 때마다 현기증이 납니다. 참 괴상한 작자야. (당황하며 발길을 멈춘다.)

신사1 대체 왜 그러세요?

신사2 아, 아무것도 아닙니다! 손 좀, 이보시오! 물웅덩이입니다. 자! 고마워요. 간신히 지나왔네. 하마터면 위험할 뻔했습니다.

신사1 두려운 게 아닌가요?

신사2 네, 지구의 껍질이 얇아서요. 저런 구멍이 있는 곳을 밟으면 언제나 푹 빠질 것 같거든요.
조심해서 걸어가야 합니다. 자칫하다가 밑으로 빠질 수 있거든요. 극장에 한번 가 보세요. 권해 드릴 만한 작품입니다!

3장

방 안.
당통, 카미유, 뤼실.

카미유   자네들한테 하는 이야기인데, 극장이나 음악회, 미술
         전람회에 펼쳐 놓은 모든 것들을 사람들이 목제 사본
         으로 접하지 못한다면, 예술을 향유하는 눈이나 귀를
         갖추지 못할 거야. 어떤 사람이 꼭두각시를 하나 깎아
         만들었다고 하자. 인형에 줄을 달고 당길 때, 인형이
         걸을 때마다 5운각 약강 운율로 관절이 삐걱거리는
         것을 본다면, 얼마나 개성적이고 효과적이겠나! 어떤
         사람이 감정의 편린이나 잠언, 개념을 받아들여, 여
         기에 윗옷과 바지를 입히고, 손과 다리를 만들어 주
         고, 얼굴을 그려 준 후, 세 막 동안 내내 부려 먹다가
         결국 결혼하게 하거나 권총 자살을 하게 한다면, 이
         상적이겠지! 불안정하고 가라앉은 인간 정서가 반영
         된 오페라를, 마치 물이 든 점토 파이프로 나이팅게
         일 소리를 내는 것처럼 연주한다면, 아, 그게 예술이
         겠지!
         사람들을 극장에서 바깥 거리로 내보낸다면, 이들은
         '가련한 현실이여!'라고 말하겠지.
         그들은 서투른 모방자들 때문에 자신의 창조주를 잊
         었어. 자신들 주변이나 내부에서 불타오르고 들끓고
         빛을 발하며 매 순간 새로이 태어나는 창조에 대해서
         는 아무것도 보지도 듣지도 못하는 거야. 그들은 극장
         에 가거나 시와 소설을 읽고는 인상을 찌푸리며 거기
         나오는 얼굴들을 흉내 내지. 그런데 신의 피조물에 대
         해서는 '별거 아니군.' 하고 말하지!

피그말리온의 조각상[108]이 생명을 얻기는 했지만 자식은 낳지 못했다고 했을 때, 그리스인들은 자신들이 한 말의 뜻을 알았던 거지.

당통   그런데 예술가들은 자연을 다비드[109]처럼 다뤄. 9월에 그는 살해된 자들이 감옥에서 거리로 내팽개쳐지는 모습을 냉혹하게 그리면서 이렇게 말했지. "난 이 악당들 속에 남은 생명의 마지막 몸부림을 포착했다."

(당통, 누가 부르자 밖으로 나간다.)

카미유   무슨 할 얘기 있어, 뤼실?

뤼실   없어. 당신이 이야기하는 걸 즐겁게 바라보고 있어.

카미유   당신도 내 이야기를 듣고 있었어?

뤼실   아, 물론이지!

카미유   내 말이 옳아? 내가 한 말을 당신도 이해해?

뤼실   아니. 잘 모르겠어.

(당통, 돌아온다.)

카미유   무슨 일이지?

---

108) 그리스 신화에서 조각가 피그말리온은 자신이 만든, 너무 생생히 살아 있는 것 같은 처녀 조각상에 반한다. 그는 조각상에 생명을 불어넣어 달라고 아프로디테에게 간청하고 조각상은 사람이 된다.

109) Jacques-Louis David(1748~1825). 자코뱅파 혁명 화가. 나중에는 나폴레옹의 궁정 화가가 되었다. 가장 유명한 작품으로는 1793년에 그린 「마라의 죽음」이 있다.

당통 공안위원회에서 날 체포하기로 결정했어. 사람들이 조심하라면서 내게 은신처도 마련해 주겠다는군. 그자들은 내 머리를 원하는 거야. 마음대로 하라지. 난 그런 엉터리없는 짓거리에 진저리가 나. 내 목을 가져갈 테면 가져가라지. 까짓것, 아무럼 어때? 난 용감하게 죽을 수 있어. 사는 것보다는 그게 더 쉬울 거야.

카미유 당통, 아직 시간이 있어.

당통 어쩔 수 없는 일이야. 하지만 이렇게 될 줄은 몰랐어……

카미유 자네가 굼떠서 그래!

당통 난 굼뜬 게 아니라 피곤한 거야. 발바닥에 불이 날 지경이야.

카미유 어디 가려고?

당통 글쎄, 나도 모르지!

카미유 농담하지 말고. 어디 가려고?

당통 산책하러. 이 친구야, 산책하러 가려고. (나간다.)

뤼실 아, 카미유!

카미유 진정해, 여보!

뤼실 그자들이 이 머리를 원한다고 생각하면! 카미유! 말도 안 돼, 정말. 내 정신이 이상해졌나?

카미유 진정하라고. 당통과 난 처지가 달라.

뤼실 세상은 넓고, 세상엔 많은 게 널렸어. 그런데 왜 하필이면 당신 머리를 찍었지? 누가 내게서 당신을 빼앗아 가겠다는 거야? 말도 안 돼. 저들이 당신 머리를 잘라서 뭘 하겠다는 거야?

카미유 거듭 말하지만, 안심해도 돼. 어제 로베스피에르와 얘기 나누었어. 그는 친절했어. 약간 긴장된 분위기긴 했지만, 사실이야. 의견이 서로 달랐을 뿐이지, 그 밖에 아무것도 아니야.

뤼실 로베스피에르에게 한번 찾아가 봐!

카미유 우리는 학교 다닐 때 같은 반이었어. 로베스피에르는 언제나 침울하고 외톨이었지. 오직 나만 그를 찾아가 가끔 웃겨 주곤 했어. 그는 언제나 내 말을 잘 따랐지. 가 보겠어.

뤼실 이렇게 빨리, 여보? 가! 잠깐만! 이거, (남편에게 입맞춤한다.) 이거뿐이야! 자, 가!

(카미유 퇴장한다.)

고약한 때야. 이왕 이렇게 된 이상 이제 어쩔 수 없지. 누가 여기서 벗어날 수 있겠어? 마음을 가다듬어야 해.

(노래한다.)

아, 이별이여, 아, 이별, 이별이여,
누가 이별을 생각해 냈을까?[110]

왜 하필이면 이 노래가 머리에 떠오르지? 스스로 이별을 생각하는 건 좋지 않아.

그이가 나가는 모습을 보니, 영영 다시는 돌아오지 못

---

110) 독일 헤센 지방의 민요.

할 것 같아. 자꾸만 내게서 멀어지는 기분이야, 자꾸만. 방 안이 텅 빈 것 같구나. 창문은 휑하니 열려 있어. 마치 죽은 자가 안에 누워 있는 것 같아. 여기서 더는 못 견디겠어. (나간다.)

4장

너른 들판.

당통   그만 걷는 게 좋겠어. 이렇게 고요한데 내 발자국 소리와 헐떡거리는 숨소리로 소란을 피우고 싶지 않아. (바닥에 주저앉는다. 잠시 후.)

어떤 병에 걸리면 기억력을 잃는다던데. 어쩌면 죽음이라는 게 그런 건지도 몰라. 그러니 때때로 죽고 싶다는 생각이 들기도 해. 죽음은 힘이 더 강하니까 모든 걸 잃어버리게 하겠지. 차라리 그렇게 되면 좋으련만! 난 예수처럼 원수를, 다시 말해 내 기억을 구원하기 위해서 돌아다녔어.

이곳은 안전하겠지. 나를 위해서가 아니라 바로 내 기억을 위해서 말이야. 내겐 무덤이 더 안전해. 무덤은 적어도 잊게 해 주거든. 무덤은 내 기억을 지워 주지. 그런데 여기선 내 기억이 없어지지 않고, 나를 살해해. 나인가, 아니면 기억인가? 대답은 간단해.

(자리에서 일어나 몸을 돌린다.)

난 죽음에게 아양을 떨고 있어. 멀리서 단안경 너머로 죽음에게 추파를 던지는 건 아주 기분 좋은 일이야. 사실 난 인류 역사 전체를 비웃지 않을 수 없어. 세상이 그대로라는 생각이 들어. 내일도, 모레도 그리고 먼 훗날에도 모든 게 오늘과 같을 거 같아. 공연히 소란 피우는 거야. 나에게 겁주겠다는 거겠지. 그들은 감히 그러지 못할 거야.

(퇴장.)

5장

방.
밤이다.

당통　(창가에서) 정말 멈추지 않을 건가? 빛이 서서히 꺼지고 소리가 잦아들지 않을 건가? 정말 어둠이 깔려 고요해지지 않을 건가? 그래서 우리가 저 역겨운 죄악들을 더 이상 듣지도 보지도 못하게 될 수는 없을까? 9월이여![111]

쥘리　(안에서 부른다.) 당통! 당통!

---

111) 9월 대학살을 뜻한다.

당통 왜 그래?

쥘리 (나온다.) 왜 그렇게 소리치는 거야?

당통 내가 소리쳤다고?

쥘리 역겨운 죄악들 운운하던데. 그러다가 '9월이여!' 하면서 신음 소리를 냈고.

당통 내가, 정말 내가? 아니, 나는 그런 말 안 했어. 그런 생각조차 안 했어. 내 마음속에 나도 모르게 감추어진 생각들이겠지.

쥘리 당신 떨고 있어, 당통!

당통 벽들이 사방에서 마구 떠들어 대는데 내가 떨지 않을 수 있겠어? 내 육신이 산산이 부서지는 바람에 내 생각들이 튀어나와 정처 없이 헤매며 돌들의 입술과 대화를 나누는데도? 이상한 일이야.

쥘리 조르주, 여보, 조르주!

당통 그래, 쥘리. 정말 이상한 일이야. 말이 바로 튀어나오지만 난 더 이상 생각하고 싶지 않아. 쥘리, 누구 귀에도 들리지 않는 생각들이 있어. 생각들이 갓난아이처럼 태어나자마자 소리를 지르는 건 좋지 않은 일이야. 그건 좋지 않은 일이야.

쥘리 정신 좀 차려!
조르주, 조르주, 날 알아보겠어?

당통 암, 물론이지! 당신은 사람이고, 여자고, 그리고 또 내 아내야. 지구엔 다섯 개 대륙이 있어. 유럽, 아시아, 아프리카, 아메리카, 오스트레일리아지. 그리고 2 곱하기 2는 4고. 보다시피 내 정신은 말짱해. 9월이라고 소리치지 않았느냐고? 당신이 그렇게 말하지 않나?

쥘리 그래, 여보, 온 방 안에 소리가 울렸어.

당통 창가에 가 보았더니, (창밖을 내다보며) 도시가 조용하군, 불도 모두 꺼졌고…….

쥘리 근처에서 아기 울음소리가 들려.

당통 창가에 가 보았더니, 거리거리마다에서 고함 소리가 들렸어. "9월!" 하고 외치는 소리였어.

쥘리 꿈을 꾼 거야, 여보. 정신 좀 차려!

당통 꿈꾸었다고? 그래, 난 꿈을 꾸었어. 하지만 이번엔 좀 달랐어. 금방 얘기해 줄게. 내 머리가 형편없이 나빠졌나 봐, 금방 말이야! 아, 이제 생각났어. 내 발밑에 있던 지구가 숨을 헐떡이며 붕 뜨기 시작하는 거야. 그래서 난 마치 사나운 말을 움켜잡듯 지구를 움켜잡았어. 거대한 내 몸뚱이로 말갈기 속을 파고들며 녀석의 갈빗대를 꽉 붙들었어. 머리는 아래로 향한 채로. 심연 위로 머리카락이 흩날렸어. 난 그렇게 끌려갔어. 그때 겁이 나서 소릴 질렀고, 그 바람에 깨어났지. 난 창가로 다가갔어. 그때 고함 소리가 들렸어, 쥘리.

그 소리가 원하는 게 뭘까? 왜 하필 그 소리가 난 걸까? 무슨 말인지 통 알 수 있어야지. 그 소리가 왜 나에게 피 묻은 손을 내미는 거지? 난 그 소리를 뿌리치지 않았어.

아, 도와줘, 여보. 내 머리가 둔해지고 있어. 그 일이
9월에 일어나지 않았던가, 여보?

쥘리   파리에서 불과 사십 시간 거리밖에 안 되는 곳까지 여
러 제국의 왕들이 쳐들어왔어…….[112]

당통   요새들은 무너졌고,[113] 귀족들은 도시에서…….

쥘리   공화국이 패배했지.

당통   그래. 지고 말았지. 우린 적을 등 뒤에 그냥 놔둘 수 없
었어. 그랬다면 우린 바보였겠지. 두 원수가 외나무다
리에서 만난 셈이야. 우리 아니면 그들, 보다 강한 자가
보다 약한 자를 밀어뜨려야 했어. 정당한 일 아닌가?

쥘리   응, 그래.

당통   그래서 우리가 그들을 쳤어. 그건 살인이 아니었어.
내란이었어.

쥘리   당신은 조국을 구했어.

당통   그래, 난 조국을 구했지. 정당방위였어. 우린 어쩔 수
없었어. 십자가에 못 박힌 그 사람은 편하게 말했지.
"화나지 않을 수 없겠지만, 화나게 한 자에게 화가 있
을지어다."[114]라고 말이야.
어쩔 수 없어. 이번 경우가 바로 당위였지. 당위의 저
주를 받은 팔을 누가 저주하려고 하겠어? 누가 당위

112) 1792년 영국, 오스트리아, 프로이센, 스페인 등의 동맹군이 파리 부근까지
진격한 사실을 가리킨다.
113) 1792년 8월과 9월에 걸쳐 베르됭과 롱비 요새가 함락되었다.
114) 「마태복음」 18장 7절 인용. 렌츠의 『가정교사』에도 비슷한 구절이 있다.

에 대해 말했지, 누가? 우리가 마음속으로 거짓말하고 간음하고 도둑질하고 살인하는 것은 무엇 때문이지?[115] 우린 보이지 않는 힘에 의해 철사로 조종되는 꼭두각시야. 아무것도 아니야, 우리 자신은 아무것도 아니야! 우린 유령들이 쥐고 싸우는 칼이나 다름없어. 동화에서처럼, 칼을 쥔 손들은 보이지 않아. 이제 마음이 좀 진정되는군.

쥘리   정말 진정되었어, 여보?

당통   그래, 쥘리. 잠자리에 들라고!

6장

당통 집 앞길.
시몽, 민병대.

시몽   밤이 얼마나 깊었소?

시민1   밤이 어떻다고요?

시몽   밤이 얼마나 깊었느냐니까요.

시민1   해 뜨는 시간과 해 지는 시간 사이쯤 됐을 거요.

시몽   이런, 빌어먹을, 몇 시냔 말이오!

---

115) 뷔히너는 약혼녀에게 보내는 편지에서 "우리들 마음속에서 거짓말하고 살인하고 도둑질하는 것은 무엇인가?"라고 썼다.

시민1   당신 시계의 글자판을 보면 될 거 아니오. 시계추[116] 가 이불 속에서 종을 칠 시간이지.

시몽   저 위로 올라갑시다! 자, 시민 여러분! 우리 목숨을 걸 고 싸웁시다. 죽기 아니면 살기로 말입니다! 그자는 힘이 엄청나니 내가 앞장서겠습니다, 시민 여러분. 자 유를 위해 길을 내 주시오!
내 아내를 돌봐 주시오! 아내에게는 떡갈나무 관[117]을 남겨 주겠소.

시민1   떡갈나무 관을? 그렇지 않아도 그녀 사타구니에는 매 일같이 도토리가 넉넉히 떨어진다고 하던데.

시몽   앞으로 나갑시다, 시민 여러분. 여러분은 조국을 위해 힘써야 합니다!

시민2   난 조국이 우릴 위해 힘쓰길 바라. 우린 다른 사람들 몸에 난 구멍을 전부 막아 주다가 정작 우리 바지에 난 구멍은 하나도 못 막았어.

시민1   당신 바지 앞쪽에 난 구멍까지 막고 싶다 이거지? 헤 헤헤.

모두   헤헤헤.

시몽   갑시다, 나아갑시다!

(모두 당통 집 쪽으로 몰려간다.)

---

116) 여기서는 고환을 뜻하는 비유적 표현.
117) 떡갈나무 관은 애국자를 뜻한다. 하지만 떡갈나무 열매인 도토리는 남성 의 귀두를 가리키는 비유적 표현이기도 하다.

7장

국민공회.
한 무리 대의원들.

르장드르 대체 언제까지 대의원들을 학살해야 한단 말이오?
     당통이 쓰러진다면 안전할 사람이 누가 있겠소?
대의원 1 무슨 대책이 없을까요?
대의원 2 당통은 국민공회 법정[118] 앞에서 심리를 받아야 합
     니다.
     이 방법이라면 확실히 성공할 거요. 그들이 그의 말을
     어떻게 반박하겠소?
대의원 3 안 될 겁니다. 그자들은 법령을 내세워 우리 뜻을 방
     해할 거요.
르장드르 그 법령을 폐지하든가, 아니면 예외 규정을 만들어
     야 합니다.
     내가 제안하겠소. 뒤에서 도와주기 바라오.
의장 회의를 열겠습니다.
르장드르 (단상에 오른다.) 국민공회 대의원 네 명이 간밤에 체
     포되었습니다. 내가 알기로는 당통도 그중 한 사람입
     니다. 다른 사람들 이름은 모르겠습니다. 누가 그들을
     지목했는지는 아무래도 상관없습니다. 제가 요구하

---

118) 국민공회는 원래는 입법 기관인데 사법 기관의 역할을 하고 있다.

는 건, 체포된 사람들이 법정에서 심리를 받아야 한다는 겁니다.

시민 여러분. 저는 저 자신과 마찬가지로 당통도 결백하다는 사실을 선언합니다. 그리고 저는 어떤 비난받을 짓도 하지 않았다고 자부합니다. 공안위원회나 안보위원회[119] 위원을 공격하려는 것은 아닙니다. 하지만 제가 두려워하는 데에는 그럴 만한 이유가 있습니다. 사적인 증오심이나 사적인 열정이, 자유를 위해 몸을 아끼지 않고 헌신한 사람들의 자유를 앗아 가려는 게 아닌가 하는 점입니다. 1792년 자신의 능력으로 프랑스를 구해 낸 당통이 반역죄로 고발당했다면, 그에게 해명할 기회를 줘야 마땅합니다.

(격렬한 동요.)

몇 사람 르장드르의 제안을 지지합니다.

대의원 4   우리는 지금 국민의 이름으로 이 자리에 있습니다. 우리 유권자의 의사 없이는 아무도 우리를 자리에서 끌어낼 수 없습니다.

대의원 5   당신들 말에서는 시체 냄새가 납니다. 그런 말은 지롱드파 입에서나 나오는 거요. 당신들은 특권을 요구하는 겁

---

119) 이때는 이미 로베스피에르와 그의 동료들이 공안위원회와 안보위원회를 장악하고 있었다.

니까? 법의 도끼는 만인의 머리 위에 똑같이 걸려 있소.

대의원6　우리 위원회에서는 법의 보호 없이 입법자를 단두대로 보내서는 안 됩니다.

대의원7　범죄는 법의 보호를 받을 수 없습니다. 오직 왕이 저지른 범죄만이 옥좌 위에서 보호권을 얻습니다.

대의원8　그러니 불한당들이나 보호권을 요구하는 거야.

대의원9　살인자들만이 보호권을 인정하지 않습니다.

로베스피에르　이번 집회에서는 일찍이 보지 못했던 혼란이 일고 있습니다. 이는 곧 집회가 중대한 문제에 봉착했음을 입증해 줍니다. 몇 안 되는 사람들이 조국에 승리를 거둘 것인가 하는 문제가 오늘 판가름 날 겁니다. 여러분은 어떻게 여러분의 기본 원칙을 이렇게까지 부인할 수 있습니까? 여러분은 어제까지만 해도 샤보, 델로네, 파브르[120]에게 거절했던 것을, 오늘 몇몇 개인들에게는 허용하려 합니다. 무엇 때문에 이 몇몇 사람들은 특별 대우를 받아야 합니까? 자기 자신과 자기 동료를 칭찬하는 게 나와 무슨 상관이란 말입니까? 우리는 너무나 많은 경험을 통해 그것이 어떤 의미인지 압니다. 우리는 어떤 한 사람이 이런저런 애국 행위를 완수했는지를 묻는 게 아닙니다. 정치가로서 그의 전반적인 행적을 묻는 겁니다.

르장드르는 체포된 사람들의 이름을 모르는 모양입

---

120) 공안위원회에 체포된 문서 위조자들을 말한다.

니다. 우리 국민공회 의원 모두는 그들의 이름을 압니다. 그의 친구 라크루아도 그중 하나입니다. 르장드르는 왜 모르는 척하는 걸까요? 철면피같이 행동해야만 라크루아를 보호할 수 있다는 것을 알기 때문입니다. 그는 당통의 이름만을 들먹였습니다. 그 이름에 특권이 부여되었다고 생각하니까요. 아닙니다, 우리는 어떤 특권도 배격합니다. 우리는 어떤 우상도 원하지 않습니다! (박수.)

당통이 라파예트,[121] 뒤무리에,[122] 브리소,[123] 파브르와 샤보, 에베르보다 나은 점이 무엇입니까? 이들에 대해서는 할 수 있는 이야기를 당통에게는 왜 할 수 없다는 말입니까? 여러분은 그들도 당통처럼 비호해 주었습니까? 당통이 다른 동료 시민들보다 특별 대우를 받아야 할 이유가 무엇이란 말입니까? 어쩌면, 속임수에 빠진 몇몇 사람들과, 그렇지 않은 다른 사람들이 그를 앞장세우고 행운과 권력을 손에 넣기 위해 그의 주위에 몰려들었기 때문일 겁니다. 당통이 자신을 신뢰하는 애국자들을 속이면 속일수록, 그만큼 분명

---

121) Marie Jeseph Motier Marquis de Lafayette(1757~1834). 미국 독립 전쟁에 참가한 프랑스 정치가이자 장군. 1789년 파리의 국민군 사령관이었으나 1792년 외국으로 도주했다.

122) Charles François Dumouriez(1739~1823). 프랑스 혁명군 사령관으로 초기에 승리를 거둔 이후 자코뱅파로부터 의심을 받자 외국으로 도주했다.

123) Jacques Pierre Brissot(1754~1793). 지롱드파 지도자이자 로베스피에르의 정적으로 1793년 단두대에서 처형당했다.

히 그는 자유의 동지들로부터 혹독한 벌을 받을 것입니다.

사람들은 여러분 자신이 행사해 온 권력에 대해 권력 남용이라 말하며 여러분에게 공포감을 불어넣으려 합니다. 공안위원회가 전제 정치를 한다고 외치는 사람도 있습니다. 국민이 여러분에게 베풀어 주었고, 여러분이 이 위원회에 넘겨준 신임이, 마치 애국심을 확실히 보증하지 않기라도 하는 것처럼 말입니다. 떠는 시늉을 하는 자들도 있습니다. 하지만 여러분에게 말하건대, 이 순간 떨고 있는 사람은 죄가 있는 사람입니다. 죄가 없으면 결코 대중 앞에서 떨 필요가 없기 때문입니다. (일동 박수.)

저들은 나도 겁주려 했습니다. 저들은 당통에게 다가가는 위험이 결국 나에게도 들이닥칠지 모른다며 나를 설득하려 했습니다. 저들은 나에게 편지를 써 보냈고, 당통의 동료들은 계속 내 주위를 맴돌기도 했습니다. 아마 옛 인연에 대한 기억, 위선적인 덕목에 대한 맹목적인 믿음으로 내가 자유에 대한 열성과 열정을 좀 누그러뜨리지나 않을까 하는 속셈이었을 겁니다.

하지만 나는 여러분에게 선언합니다. 무엇도 나를 막지 못할 것입니다. 당통의 위험이 곧 내 위험이 된다 하더라도 말입니다. 우리 모두에게는 얼마간 용기와 위대한 정신이 필요합니다. 범죄자와 비열한 자 들만이 자기 패거리가 옆에서 쓰러지는 것을 보고 두려워

합니다. 공범자 무리가 자신들을 숨겨 주지 않으면, 자신들도 진실의 빛에 노출될 것을 알기 때문입니다. 이 모임에 바로 그러한 자들이 있는 반면, 다른 한편으로는 영웅적인 사람들도 있습니다. 불한당들의 수는 그리 많지 않습니다. 몇 사람의 목만 쳐 버리면 조국을 구할 수 있습니다. (박수.) 나는 르장드르의 제안이 철회되기를 요구합니다.

(의원들이 일제히 일어나서 전폭적인 지지를 보낸다.)

생쥐스트   이 모임에는 귀가 예민해서 '피'라는 단어를 참아 내지 못하는 사람들이 있는 것 같습니다. 그러한 사람들도 몇몇 일반적인 자연 현상을 관찰해 보면, 우리가 자연이나 시간보다 더 잔인하지는 않다는 사실을 확신할 겁니다. 자연은 거역하는 일 없이 조용히 자신의 법칙에 따릅니다. 인간이 자연법칙과 충돌하면 멸망하고 맙니다. 대기 성분 변화나 지열(地熱) 상승, 수량(水量) 변화나 전염병, 화산 분출이나 홍수로 수천 명이 목숨을 잃습니다. 그 결과는 무엇이겠습니까? 길 위에 시체들만 널브러져 있지 않다면, 전체적으로 볼 때 거의 눈에 띄지도 않는 미미한, 물리적 자연의 변화에 불과합니다. 거의 흔적도 없이 지나가 버릴지도 모르는 변화 말입니다.

그럼 이제 여러분에게 묻겠습니다. 혁명을 수행할 때

정신적 자연[124]이 물리적 자연보다 더 배려를 해야 한다는 말입니까? 물리 법칙과는 달리 이념은 자신에게 저항하는 존재를 말살해서는 안 된다는 말입니까? 도덕적 자연, 즉 인류의 전체 모습을 바꾸어 놓는 사건이 피를 통해 일어나서는 안 된다는 말입니까? 세계정신은 물리적인 화산 폭발이나 홍수의 경우에서와 마찬가지로 정신적인 영역에서도 우리 팔을 사용합니다. 인간이 전염병으로 죽든 혁명으로 죽든, 무슨 상관이란 말입니까?

인류의 발걸음은 느립니다. 우리는 수 세기가 지나서야 걸음을 헤아려 볼 수 있을 겁니다. 모든 세기 뒤에는 수 세대의 무덤이 생겨납니다. 아무리 간단한 발명이나 기본 원칙이라도 그것들을 얻으려면 수백만에 달하는 생명이 희생됩니다. 역사의 진행이 보다 빨라진 시대에 더욱 많은 사람들이 목숨을 잃는다는 것은 간단한 이치가 아니겠습니까?

신속하고 간단히 결말을 짓기로 합시다. 우린 모두 같은 상황에서 창조되었으므로, 자연 자체가 만든 차이점을 제외한다면 우린 모두 같습니다. 따라서 개인은 물론, 개인들로 이루어진 집단, 즉 하층 계급이나 상층 계급을 막론하고, 누구도 특별 대우를 받거나 특권을 누려선 안 됩니다. 이 혁명 조문의 각 구절이 실

---

124) '물리적 자연'에 반대되는 더 높은 차원의 자연, 즉 정신적 능력을 뜻한다.

제로 적용될 때마다 사람들은 죽음을 맞이했습니다. 7월 14일과 8월 10일 그리고 5월 31일[125]은 대단원의 마침표입니다. 평범한 상황에서는 한 세기가 걸리고 수 세대가 해야 할 일을, 우리 혁명 조문은 물질 세계에서 불과 사 년 만에 관철해 냈습니다. 혁명의 격류가 비탈진 곳에 부딪치거나 새로운 굽이에 이를 때마다 시체를 뿜어낸다고 해서 놀랄 일일까요?

우리는 우리 혁명 조문에 아직 몇 가지 결론을 덧붙여야 할 겁니다. 시체 몇백 구가 방해가 되어서야 쓰겠습니까?

모세는 자기 민족을 이끌고 홍해를 거쳐 광야에 들어섰습니다. 모세가 새로운 국가를 건설하기 전에 낡고 부패한 세대들이 도태되었습니다. 대의원 여러분! 우리에겐 홍해도 광야도 없습니다. 하지만 우리에게는 투쟁과 단두대가 있습니다.

혁명은 펠리아스의 딸들[126]과 같습니다. 혁명은 인류를

---

125) 프랑스 혁명사에 획을 그은 중요한 날들. 1789년 7월 14일 바스티유 감옥 공격과 함께 혁명이 시작됐다. 1792년 8월 10일에는 시민들이 튈르리 왕궁을 습격하여 왕을 체포하고 파리 혁명 정부를 구성해 혁명이 급진적인 국면으로 접어들었고, 1793년 5월 31일에는 지롱드파의 반란이 있었다.

126) 그리스 신화에 등장하는 이올코스 왕 펠리아스는 조카 이아손에게 황금 양털을 탈취해 오는 일을 시켰다. 이아손과 함께 양털을 가지고 돌아온 마법사 메데이아는 알케스티스를 제외한 펠리아스의 딸들에게 아버지의 젊음을 되찾을 수 있는 방법이라고 속여 펠리아스를 토막 내 끓이도록 했다. 생쥐스트는 펠리아스를 젊어지게 하려는 딸들의 시도가 실패한 사실은 은폐하고 있다.

다시 젊어지게 하기 위해 갈기갈기 찢어 놓습니다. 홍수의 거친 물살을 헤치고 대지가 육중한 팔다리로 몸을 일으키듯, 인류는 마치 처음 창조되는 것처럼 피의 솥에서 몸을 일으킵니다. (오랫동안 박수가 그치지 않는다. 대의원 몇 명은 열광하며 일어선다.)

유럽과 전 지구 상에서 브루투스의 비수를 옷 속에 품고 다니는, 전제 군주의 모든 은밀한 적들이여. 이 숭고한 순간에 우리와 동참할 것을 촉구하는 바입니다!

(청중과 대의원이 일어서서 프랑스 국가를 부른다.)

(막)

3막

1장

뤽상부르 감옥, 죄수들이 수감된 감방.

쇼메트,[127] 페인,[128] 메르시에,[129] 에로세셸, 그 밖의 죄수들.

---

127) Pierre Gaspard Chaumette(1763~1794). 선원 출신으로 1792년에 검찰 총장이 되었다. 로베스피에르의 미움을 샀고 에베르파라는 이유로 당통보다 먼저 체포되었다. 반(反)기독교적 행위인 이성의 여신 숭배를 장려했으며 극단 적인 민주주의 사상 때문에 혁명재판소에 의해 처형당했다.

128) Thomas Paine(1737~1809). 영국 태생의 미국 혁명 이론가. 미국 독립 운동에 참가했다. 1751년과 1776년에 펴낸 소책자 『인권』과 『상식』은 프랑스 혁명과 미국 독립 운동에 많은 영향을 주었다. 이후 프랑스로 가서 국민공회 의원이 되었지만 지롱드파란 이유로 1793년 로베스피에르에 의해 체포됐다. 1802년 다시 미국으로 돌아갔다.

129) Louis Sébastian Mercier(1740~1814). 혁명 와중에 살아남아 『새로운 파 리』를 쓴 저술가. 이 책은 뷔히너에게 중요한 참고 자료가 되었다.

쇼메트 (페인의 소매를 당기며) 제 말 좀 들어 보세요, 페인 선
생. 그럴 수도 있겠네요. 방금 그런 생각이 들었어요.
오늘은 골치가 좀 아파요. 선생께서 결론을 내려 절
좀 도와주세요. 기분이 어째 좋지 않거든요.

페인 어디 보세, 철학자 아낙사고라스. 자네와 교리 문답을
해 보겠네.

신은 존재하지 않는다. 신이 세상을 창조했거나, 창조
하지 않았거나 둘 중 하나이기 때문이지. 신이 세상을
창조하지 않았다면, 이 세상 자체에 세상의 존재 근거
가 있는 거야. 그러면 신이 존재하지 않는 거지. 왜냐
하면 신은 오직 모든 존재의 근원을 내포함으로써 신
이 되기 때문이야. 그렇다면 신이 세상을 창조하지 않
았을 수도 있지. 왜냐하면 창조는 신과 마찬가지로 영
원하거나, 아니면 시작이 있어야 하니까. 그런데 후자
의 경우라면, 신은 어느 일정한 시점에서 창조를 창조
한 게 분명해. 따라서 신은 영원히 쉰 후에 활동을 시
작한 게 분명해. 그래서 신은 자신의 내부에서 일어나
는 변화, 즉 시간이란 개념에 자신을 연관시킨 변화를
감수해야만 했어. 그런데 이 두 경우는 신의 본질과
상충하는 거야. 따라서 신이 이 세상을 창조했을 리
없어. 우리는 이제 이 세상이나 최소한 우리 자아가
존재한다는 사실을, 앞에서 말했듯이, 세상 자체에,
아니면 신이 아닌 어떤 것에 세상의 존재 근거가 있
다는 사실을 아주 또렷이 알기 때문에, 신이란 존재할

수 없는 거야. 신의 존재는 믿을 수 없는 거야. 이 정도면 충분히 증명됐겠지.

쇼메트 아, 정말 그렇군요. 다시 가슴에 불이 환히 켜진 듯합니다. 감사합니다. 감사합니다.

메르시에 잠깐만요, 페인 선생. 만일 창조가 영원하다면 어떨까요?

페인 그렇다면 그것은 더 이상 창조가 아니겠지요. 그 경우 창조는 신과 같은 것이거나, 또는 스피노자[130]가 말했듯, 신의 부속품이지요. 그렇다면, 신은 모든 것 속에, 즉 당신 속에도, 철학자 아낙사고라스 속에도, 내 속에도 존재하는 가장 귀중한 거지요. 그 정도는 그리 나쁘지 않을 겁니다. 하지만 우리 모두의 안에 계신 주님께서 치통을 앓거나 임질에 걸리고 생매장되신다면, 또는 그런 언짢은 일에 대해 최소한 생각이라도 하시게 된다면, 하늘의 제왕께는 있을 수 없는 일임을 당신도 인정해야 할 겁니다.

메르시에 하지만 원인이 있는 게 분명합니다.

페인 누가 그걸 부정하겠습니까? 하지만 우리가 신이라고, 다시 말해 완전한 존재라고 생각하는 것이 그 원인이라고 누가 당신에게 말하겠습니까? 당신은 이 세상이 완전하다고 생각합니까?

---

130) Barauch de Spinoza(1632~1677). 네덜란드 철학자. 뷔히너는 자신의 논문에서 그를 다루었다.

메르시에 아니요.

페인 그렇다면 당신은 결과가 불완전한데 어떻게 원인이
완전하다고 추론할 수 있습니까?

볼테르[131]는 군주들뿐만 아니라 신들과의 관계도 감
히 망치려 하지 않았기 때문에, 그렇게 처신했습니다.
가진 것이라곤 분별력밖에 없는 자가 그것을 제대로
사용할 줄 모르거나, 감히 사용하지 못한다면 그는 아
무 쓸모없는 사람이지요.

메르시에 의문이 있습니다. 원인이 완전하다고 결과도 완전
할 수 있을까요? 다시 말해 완전한 것이라고 꼭 완전
한 것만 창조할 수 있습니까? 그건 불가능한 일이 아
닐까요? 창조물의 존재 근거가 그 자체에 결코 없는
데, 선생께서 말했듯이 어떻게 완전한 것이 나올 수
있단 말입니까?

쇼메트 그만하세요! 그만 말하세요!

페인 진정하게나, 철학자!

당신 말이 맞습니다. 좌우간 신은 틀림없이 창조하겠
지만, 불완전한 것밖에 창조할 수 없다면 그런 일을
하지 않는 편이 보다 현명하겠지요. 우리가 신을 단지

---

131) Voltaire(1694~1778). 프랑스 계몽주의 사상가이자 작가. 18세기 유럽의
전제 정치와 종교적 맹신에 저항하고 진보의 이상을 고취한 인물로 아직도 세
계적인 명성을 누리고 있다. 고전주의 말기에서 프랑스 혁명기 직전에 걸친 생
애 동안, 그는 비판 능력과 재치 및 풍자를 구현한 작품으로 유럽 문명의 진로
에 상당한 영향을 미쳤다.

창조하는 존재로 생각하는 게 차라리 인간적이지 않을까요? 우리가 스스로 '우리는 존재한다!'라고 항상 말할 수 있기 위해서는, 언제나 분발하고 노력해야 하기 때문이지요. 이런 하잘것없는 필요 때문에 우리가 신을 꾸며 내야 할까요? 우리 정신이 조화롭게 자신 속에서 쉬고 있는 영원한 지복의 존재 속으로 가라앉는다고 해서, 우리가 곧장, 그 지복이 손가락을 펼쳐 식탁 위에서 빵을 주물러 조그만 사람을 빚어 놓을 거라 가정해야 합니까? 우리가 주체할 수 없는 사랑의 욕구 때문에 아주 은밀하게 귀에 대고 속삭이듯 말입니다. 단지 우리를 신의 자식들로 삼기 위해 이 모든 일을 해야 한단 말입니까? 나는 차라리 그보다 못한 아버지를 택하겠습니다. 그러면 적어도 아버지가 나를 자기보다 신분을 낮춰 돼지우리나 갤리선[132)]에서 키웠다고 뒷말할 수는 없을 겁니다.

신으로부터 불완전성을 제거할 수 있을 때에만 여러분은 신의 존재를 입증할 수 있습니다. 스피노자는 그런 시도를 했습니다. 악은 부정할 수 있어도 고통은 부정할 수 없습니다. 오성만이 신을 증명할 수 있을 뿐, 감정은 신에게 반항합니다. 내 말을 명심하게, 아낙사고라스. 왜 내가 고통에 시달리나? 이것이 무신론의 바위라네. 아무리 작은 고통의 경련이라도 한 원

---

132) 중세 지중해에서 주로 노예가 노를 저어 움직이던 군함.

자 속에서 일어나기만 하면, 머리에서 발끝까지 창조에 균열을 일으키네.

메르시에 그러면 도덕은요?

페인 여러분은 먼저 도덕으로 신을 증명하고, 그다음 신으로부터 도덕을 증명하려 합니다! 여러분의 도덕으로 대체 무얼 하겠다는 겁니까? 그 자체로 선이라는 것이나 악이라는 것이 있는지 나는 모르겠습니다. 하지만 그렇다고 해서 나의 행동 방식을 바꿀 필요는 없습니다. 나는 천성대로 살아갑니다. 천성을 거스르지 않는 것이 내게는 선이므로, 나는 그렇게 행동합니다. 천성에 어긋나는 것은 내게는 악이기 때문에, 나는 그렇게 행동하지 않습니다. 그 악이 나를 방해한다면 난 저항합니다. 흔히 말하듯 덕이 있는 생활을 하면서 소위 악덕에 저항할 수 있어요. 그렇다고 당신의 적을 경멸할 필요는 없겠지요. 그건 생각만 해도 슬픈 일입니다.

쇼메트 맞습니다, 맞아요!

에로 오, 철학자 아낙사고라스여. 하지만 이렇게도 말할 수 있겠지. 신이 모든 것이기 위해서는 신은 자기 자신의 반대이기도 해야 한다고. 이를테면 완전한 것과 불완전한 것, 선과 악, 행복과 고통을 포괄해야 하지. 그 결과는 물론 바로 영(零)이 될지도 몰라. 그것들이 상쇄되어 우리는 무에 이르지.

기뻐하게. 자넨 행복하게 살아갈 수 있을 테니. 자연의 걸작인 모모로 부인[133]이나 아주 차분히 숭배하게. 그녀는 최소한 그 대가로 자네 사타구니에 장미 화환[134]을 얹어 줄 거야.

쇼메트   정중히 감사드립니다, 여러분! (퇴장.)

페인   저 친구는 아직 믿질 못하는군요. 결국 도유식[135]을 하고 메카로 가겠지. 그리고 일을 그르치지 않으려고 할례를 받을 거야.

(당통, 라크루아, 카미유, 필리포가 이끌려 들어온다.)

에로   (달려가 당통을 부둥켜안는다.) 잘 있었나? 잘 자라고 인사해야 하는데. 어떻게 잤느냐고 물을 수 없군. 그래 어떻게 잘 건가?

당통   글쎄, 뭐. 웃으면서 잠자리에 들어야겠지.

메르시에   (페인에게) 이 친구는 '비둘기 날개를 단 불도그'[136]입니다. 혁명의 사악한 수호자지요. 자기 어머니에게 감히 도전했지만, 어머니가 힘이 더 셌어요.

페인   그의 삶과 죽음은 둘 다 마찬가지로 큰 불행입니다.

라크루아   (당통에게) 그자들이 그렇게 빨리 들이닥칠 거라고는 생각하지 않았어.

---

133) 이성의 축제 때 이성의 여신 연기를 한 여자.
134) 매독 증상을 일컫는 비유적 표현.
135) 병을 낫게 하고 악마를 쫓기 위해 몸에 기름을 바르는 종교 의식.
136) 당통의 별명.

당통   난 알았어. 누가 내게 경고해 줬거든.

라크루아   자넨 아무 말도 하지 않았잖아?

당통   무엇 때문에 그런 말을 해? 갑자기 죽는 게 제일 좋은
       거야. 자네는 병들어 죽고 싶었나? 그리고, 난 그들이
       감히 그러리라고는 생각 못 했어.
       (에로에게) 티눈이 생기도록 땅 위를 걸어 다니는 것
       보다는 땅속에 누워 있는 게 낫지. 난 땅을 발판으로
       삼기보다 차라리 베개로 쓰겠어.

에로   우린 적어도 굳은살이 박인 손가락으로 예쁜 여자의
       썩은 뺨을 어루만지지는 않겠지.

카미유   (당통에게) 그리 애쓸 필요 없어. 혀를 목까지 오도록
       잔뜩 내뽑아 봐야 자네 이마에 흐르는 죽음의 땀을 핥
       지는 못할 거야.
       오, 뤼실! 통탄할 일이야!

(죄수들이 새로 들어온 사람들에게 몰려온다.)

당통   (페인에게) 선생께서 선생 조국의 안녕을 위해 했던
       일을 나는 내 조국을 위해서 했을 뿐입니다. 운이 좋
       질 못했어요. 난 단두대로 보내질 겁니다. 아무래도
       상관없습니다. 난 비틀거리지 않을 겁니다.

메르시에   (당통에게) 스물두 명[137]의 피가 자넬 익사시키는군.

---

137) 1793년 10월 30일 참수형을 당한 지롱드파 스물두 명을 말한다.

죄수1   (에로에게) 민중의 힘과 이성의 힘은 같은 거야.

죄수2   (카미유에게) 가로등 담당관인 자넨 거리의 조명을 개선했지만 프랑스가 더 밝아지진 않았어.

죄수3   그를 놓아줘! 그 사람이 '자비를 베풀라.'[138]라고 말했어. (그가 카미유를 껴안자 몇몇 죄수가 따라 한다.)

필리포   우리는 죽어 가는 사람들과 함께 기도를 드린 사제들이야. 그러다 우리도 감염되어 그들과 같은 전염병으로 죽어 가고 있어.

몇 사람   너희를 후려친 손길에 우리 모두가 죽는 거야.

카미유   여러분, 우리 노력이 이렇게 허사로 돌아가다니 참으로 원통합니다. 몇몇 불행한 사람들의 운명을 보고 눈시울을 적셨다고 해서 단두대에 가야 하다니.

2장

방.

푸키에 탱빌,[139] 에르망.[140]

---

138) 카미유 데물랭은 자신의 잡지에서 사면위원회를 옹호하는 발언을 했다.

139) Antoine Quentin Fouquier-Tinville(1746~1795). 1793년 이후 혁명위원회 검사를 지냈다. 그의 기소로 당통과 로베스피에르가 처형당했고 1796년 그 자신도 유죄 판결을 받았다.

140) Martial Joseph Armand Herman(1749~1795). 혁명재판소 의장이자 내무부 장관. 후원자 로베스피에르가 처형당한 후 그 자신도 처형당했다.

푸키에   다 준비됐나?

에르망   일이 쉽지 않겠어. 당통이 끼어 있지 않다면 수월할지
         도 모르는데.

푸키에   그가 앞장서서 춤추게 해야 해.

에르망   당통은 배심원들을 겁먹게 할 거야. 그는 혁명의 상징
         이거든.

푸키에   배심원들이 말을 들어야 해.

에르망   한 가지 방법이 있기는 한데, 법에 위배될 거야.

푸키에   그냥 말해 봐!

에르망   배심원을 추첨할 게 아니라, 우리가 든든한 사람을 고
         르는 거야.

푸키에   그래야겠군. 그러면 피고들에게 한꺼번에 유죄 판결
         을 내릴 수 있을 거야. 배심원은 모두 열아홉 명이야.
         이들을 요령 있게 잘 배합해야 해. 문서 위조자 네 명
         하고 은행가와 외국인[141] 몇 명을 섞는 거야. 아주 볼
         만한 법정이 될 거야. 민중은 그런 법정을 원하지.
         그럼 믿을 만한 자들을 골라 보세! 예를 들면 누가 좋
         을까?

에르망   르루아. 이자는 귀머거리라서 피고가 하는 말을 하나
         도 못 알아듣지. 당통이 아무리 소릴 질러도 소용없을
         거야.

푸키에   아주 좋아, 계속해 보게!

---

141) 위조 사건에 연루된 외국인들을 가리킨다.

에르망 빌라트와 뤼미에르. 한 놈은 항상 술집에만 앉아 있고, 다른 한 놈은 잠만 자지. 이들 두 사람은 '유죄요.'라고 말할 때만 입을 열어.

그리고 지라드는, 일단 재판에 회부된 자는 누구든 유죄 판결을 받는 게 원칙이라고 생각해. 또 르노댕은······.

푸키에 그자도? 그자는 언젠가 몇몇 사제들을 도와준 적이 있어.

에르망 안심하게! 며칠 전 그 친구가 내게 와서 요구하더군. 죄수들을 처형하기 전에 피를 뽑아서 약간 힘을 빼야 한다고 말이야. 죄수들의 태도가 대개 거만해서 격분한 거지.

푸키에 아, 아주 좋아. 그럼 자네만 믿겠네!

에르망 그냥 내게 맡기라니까.

3장

콩시에르주리 감옥,[142] 복도.
라크루아, 당통, 메르시에, 그리고 다른 죄수들이 왔다 갔다 한다.

---

142) 혁명재판소 부근에 있는 감옥.

라크루아 (한 죄수에게) 불행한 사람이 어떻게 이렇게 많지, 이렇게 비참한 상황에 빠진 사람이?

죄수 파리는 도살장 작업대라고 단두대행 마차가 말해 주지 않던가요?

메르시에 그렇고말고, 라크루아. 평등이 모든 사람의 머리 위에서 낫을 휘두르고 있어. 혁명의 용암이 흘러내리고. 공화 정치를 만드는 건 단두대지! 위층 싼 관람석에서는 박수를 치고, 로마인들[143]은 손을 비벼 대지. 하지만 그들은 이러한 말 한 마디 한 마디가 희생자들의 숨넘어가는 소리라는 걸 듣지 못하지. 여러분이 아무렇게나 늘어놓은 말들이 어떻게 실현되었는지 보란 말이야. 여러분 주위를 둘러보시오. 이 모든 게 여러분이 한 말이야. 여러분이 한 말이 행동으로 옮겨진 거야. 이 비참한 자들, 그들의 사형 집행인들, 그리고 단두대는 여러분이 한 말이 그대로 실현된 것들이야. 바예지드가 자신의 첨탑들을 세운 것처럼,[144] 여러분은 사람들의 머리로 여러분의 체계를 세운 거요.

당통 자네 말이 맞아. 사람들은 오늘날 모든 걸 사람의 살로 만들어. 우리 시대에 내린 저주지. 내 육체도 이제 다 소모되겠지.

---

143) 프랑스 공화주의자들을 일컫는 말.

144) 오스만 제국의 술탄 바예지드 2세는 1488년 네 벽으로 지탱되는 원형 천장과 우아한 대리석 벽감이 있는 바예지드 첨탑을 지었다.

내가 혁명재판소[145]를 만든 지 꼭 일 년이 됐어. 하느님과 사람들에게 용서를 빌어야겠어. 난 9월 학살[146]이 재발하는 것을 사전에 막아 보려 했지. 죄 없는 사람들을 구하길 바랐어. 하지만 법적 절차를 거쳐 서서히 진행되는 살인은 더욱 잔인하고 도저히 피할 수도 없어. 여러분, 나는 여러분 모두가 이 감옥에서 벗어날 수 있길 기원하겠소.

메르시에 오, 우리는 나갈 수 있을 거야.

당통 이제 나는 여러분 곁에 있습니다. 사태가 어떻게 끝날지 하느님 말고는 아무도 모릅니다.

4장

혁명재판소.

에르망 (당통에게) 피고, 이름은?

당통 혁명이 내 이름을 불러 줄 겁니다. 내 집은 곧 무(無) 속에 자리하고, 내 이름은 역사의 팡테옹[147]에 남을

---

145) 프랑스 혁명 기간 중 국민공회가 정치범들을 재판하고 공포 정치를 펴기 위해 파리에 설치한 재판소.
146) 1792년 9월 2일부터 5일 사이에 당통의 사주로 왕당파와 성직자 1400여 명이 파리에서 살해당했다.
147) 로마의 원형 신전을 뜻하기도 하나, 여기서는 루소, 볼테르, 위고 같은 유

것입니다.

에르망 당통, 국민공회는 당신을 기소했소. 미라보,[148] 뒤무리
에, 오를레앙,[149] 지롱드파, 외국인들,[150] 루이 17세[151]
일파와 역모를 꾀한 죄로 말입니다.

당통 민중을 위해 그토록 자주 외쳤던 내 목소리는 그런 모
략쯤은 어렵지 않게 물리칠 겁니다. 나를 고발한 그
가련한 자들에게 이 자리에 나오라고 하시오. 그들을
치욕으로 덮어 주겠소. 여러 위원회의 위원들에게 이
자리에 나오라고 하시오. 난 그들 앞에서 대답하겠소.
내겐 고소인인 그들이 증인으로 필요하니. 그들을 출
두시키십시오.

명인사들이 묻힌 사원을 말한다.

148) Honoré Gabriel de Riqueti Mirabeau(1749~1791). 자코뱅파 지도자이자
국민의회 의장으로 활동했다. 1791년 사망 후 팡테옹에 묻혔으나 왕가와 내통
한 사실이 알려져 시신이 추방되었다. 그는 원래 프랑스가 공화국이 아니라 군
주국으로 남기를 원했다.

149) Louis-Philippe Joseph, Herzog von Orléans(1747~1793). 오를레앙 대공
으로 불렸다. 혁명 직전 국왕이 소집한 삼부회의 대의원이었으나, 제3신분에
가담하여 1793년 국민공회가 국왕의 사형을 결정할 때 찬성했다. 그러나 아들
루이 필리프가 국외로 도피하자 체포되어 단두대에서 처형되었다.

150) 왕당파와 내통하는 외국인들로 공화국의 적이었다.

151) Louis-Charles, Duc de Normandie, Louis-Charles de France(1785~
1795). 루이 16세와 왕비 마리 앙투아네트의 차남. 루이샤를로 불린 그는 대혁
명 발발 직후인 1789년 6월에 형 조제프가 죽으면서 왕세자가 되었다. 1792년
8월 10일 민중 봉기로 군주제가 전복된 뒤에는 다른 왕족들과 함께 파리의 탕
플 탑에 수감되었다. 1793년 1월 21일 루이 16세가 처형되자, 프랑스 망명 귀
족들은 즉시 그를 프랑스의 새로운 국왕으로 선포했다. 이후 수감 생활 중 병
으로 죽었다.

그건 그렇고, 내가 여러분이나 여러분의 판결과 무슨 상관이 있단 말입니까? 여러분에게 이미 말했듯 무가 곧 내 안식처가 될 것입니다. 내게는 삶이 짐이니, 내게서 짐을 덜어 내 주시오. 나는 삶의 짐에서 벗어나길 갈망합니다.

에르망 당통, 범죄자들이나 뻔뻔스럽게 행동하지 죄 없는 자는 가만히 있는 법이오.

당통 사적으로 뻔뻔스럽게 행동하는 것은 의심의 여지없이 비난받아 마땅합니다. 하지만 내가 자유를 위해 그토록 자주 투쟁할 때 그토록 자주 보여 준 애국적인 뻔뻔함은 모든 덕목 중에서 가장 훌륭한 것입니다. 내 뻔뻔함은 그런 것입니다. 나는 날 고발한 저 가련한 자들을 공화국을 위해 이 자리에서 공박하려 합니다. 이렇게 비열한 방법으로 모함받은 걸 알면서, 내가 마음을 가라앉힐 수 있겠습니까?

나 같은 혁명가에게서 냉철한 변호를 기대해서는 안 됩니다. 나 같은 대장부들은 혁명에서 없어서는 안 되는 귀중한 존재고, 우리 이마에는 자유의 정신이 깃들어 있습니다. (청중들 사이에서 박수 소리가 들린다.)

그들은 내가 미라보, 뒤무리에, 오를레앙 등과 역모를 꾸몄다고 고발했습니다. 그리고 저 가련한 전제 군주들의 발밑을 기었다고 고발했습니다. 그들은 피할 수 없고 굽힐 수 없는 정의 앞에서 답변하라고 내게 다그치고 있소. 가련한 생쥐스트, 후세에 그대는 이런 중상모략을 한 책임을 질 거요!

에르망 차분하게 답변할 것을 촉구합니다. 마라를 생각해 보시오.[152] 그는 법정에 들어오면서 자신의 법관에게 경의를 표했소.

당통 그들은 내 인생 전체에 손을 댔소. 나는 몸을 반듯이 세우고 그들에게 대항할 겁니다. 나는 내 행동 하나하나의 무게로 그들을 파묻을 겁니다.

나는 그것이 자랑스럽지 않습니다. 우리 팔이 운명에 이끌려 가고 있지만, 운명의 기관은 오직 강력한 본능들일 뿐입니다.

나는 마르스 광장[153]에서 왕정에 전쟁을 선포했고, 8월 10일[154] 왕정을 무너뜨렸습니다. 그리고 다음 해 1월 21일[155]에는 국왕을 처형하여 제국의 왕들에게 도전장으로 그의 머리를 던졌습니다. (다시 박수 소리가 난다. 당통은 고소장을 집어 든다.) 이 치욕스러운 글을 보니 온몸이 떨리는 느낌입니다. 저 잊을 수 없는 중요한 날(8월 10일)에 이 당통을 끌어내야 한다고 생각한 자들은 대체 누구란 말입니까?

나를 고발한 자들에게 나오라고 하시오! 아주 냉철하게 요구합니다. 나는 그 멍청한 악당들의 정체를 밝히

---

152) 마라는 1793년에 기소됐으나 혁명재판소에서 무죄 판결을 받고 석방됐다.
153) 1791년 7월 17일 이곳에서 왕의 폐위를 위한 서명 운동이 있었다.
154) 1792년 8월 10일 튈르리 왕궁 습격과 왕정 폐지 운동이 있었다.
155) 1793년 1월 21일 루이 16세가 처형됐다.

겠습니다. 그래서 다시는 기어 나올 수 없는 무의 세
계로 그들을 내던져 버릴 겁니다.

에르망   (종을 흔들며) 종소리가 들리지 않습니까?

당통   자신의 명예와 목숨을 지키려는 사람의 목소리는 당
신의 종소리쯤은 압도할 게 분명합니다.

9월에 나는 토막 낸 귀족들의 살덩이를 먹여 새끼에
불과한 혁명을 키웠습니다. 내 목소리는 귀족과 부자
들의 황금으로 민중의 무기를 만들어 냈습니다. 내 목
소리는 전제 정치의 친위대를 총검의 물결 속에 묻어
버린 허리케인이었습니다. (우레와 같은 박수.)

에르망   당통, 당신 목소리는 기진맥진합니다. 너무 격하게 흥
분했소. 다음번에 변론을 계속하도록 하시오. 당신에
겐 휴식이 필요하오.

심리를 마치겠습니다.

당통   이제야 여러분은 당통을 알아보는군요. 몇 시간만 더
있으면, 나 당통은 명예의 팔에 안겨 잠들 것이오.

5장

뤽상부르 감옥.

딜롱,[156] 라플로트, 교도관.

---

156) Arthur Dillon(1750~1794). 아일랜드 태생 장군으로 프랑스 혁명 당시

딜롱   이 녀석, 그 코로 내 얼굴을 그렇게 비추어 보지 말라고. 헤, 헤, 헤!

라플로트   입 닥쳐요. 댁의 초승달에 뜰이 있어요. 헤, 헤, 헤!

교도관   헤, 헤, 헤! 나리, 그 빛으로 이걸 읽을 수 있겠어요? (손에 든 쪽지를 가리킨다.)

딜롱   이리 줘 보게!

교도관   나리, 내 초승달은 쪼그라들었군요.

라플로트   당신 바지는 부풀어 오른 것 같은데.

교도관   아니오, 내 초승달에서 물이 빠져서 그래요. (딜롱에게) 나리의 그 태양 때문에 내 초승달이 쪼그라들었다고요, 나리. 이걸 읽어 보려면 뭘 좀 주셔야지요. 그래야 다시 초승달에 불이 붙을 게 아닙니까.

딜롱   자, 여기 있네! 이제 꺼져. (교도관에게 돈을 준다. 교도관 퇴장. 딜롱이 읽는다.) 당통이 혁명재판소를 겁먹게 했군. 배심원들은 동요했고, 방청석에서는 불만에 찬 소리가 났어. 평소와 달리 많은 군중이 몰려들었어. 사람들이 법정 주변에 몰려와서 다리 있는 데까지 꽉 찼었군. 돈만 두둑하고 무엇보다 심복만 있어도……. 음! 음! (이리저리 거닐다가 때때로 술병을 들이켠다.) 거리에 발만 내디딜 수 있다면! 이렇게 개죽음당하진 않을 텐데. 그래, 거리에 발만 내디딜 수 있다면!

라플로트   짐수레에 있어도 마찬가지지요.

군대를 지휘했다. 지롱드파로 체포되어 처형당했다.

딜롱 그렇게 생각하나? 하기야 그 사이는 몇 발짝밖에 안
      되지. 공안위원들의 시체로도 너끈히 잴 수 있는 간격
      이야. 드디어 올바른 사람들이 머리를 쳐들 때가 왔어.

라플로트 (혼잣말로) 쳐들어 봤자, 더 쉽게 잘릴 뿐이지. 그냥
      들이켜요, 어르신. 몇 잔만 더 들이켜면 내 인생은 확
      필 텐데.

딜롱 불한당들, 맹추 녀석들. 결국엔 자신들도 단두대에 보
      내질 거야. (이리저리 왔다 갔다 한다.)

라플로트 (방백) 목숨을 구할 수만 있다면, 이 목숨을 자식처
      럼 정말 다시 사랑할 수 있을 텐데. 우연히 근친상간
      을 해서 스스로 자신의 아버지가 되는 일은 그리 흔치
      않아. 아버지이자 동시에 자식이 된다. 거참, 기분 좋
      은 오이디푸스[157]군!

딜롱 민중의 배를 시체로 채워서는 안 돼. 당통과 카미유의
      아내들이 민중에게 돈다발을 뿌리는 게 좋을 거야. 그
      게 사람 머리보다는 낫지.

라플로트 (방백) 난 나중에 가서 내 눈을 도려내지는 않을 거
      야. 이 훌륭한 장군을 위해 애도의 눈물을 흘려야 할
      테니까.

딜롱 당통을 도와줘야 해! 아직 안전한 사람이 누구란 말인
      가? 공포 때문에 그들은 하나로 뭉칠 거야.

---

157) 그리스 신화에서 오이디푸스는 신탁대로 자기 아버지를 죽이고 어머니와
결혼한다.

라플로트　(방백) 하지만 그는 끝장이야. 무덤에서 기어 나오기 위해 시체 하나 밟는 게 무슨 문제가 되겠어?

딜롱　발만 거리에 내디디면 되는데! 사람들은 얼마든지 있을 거야. 노병들, 지롱드파, 옛 귀족들. 우린 감옥을 깨부수고 죄수들과 힘을 합쳐야 해.

라플로트　(방백) 물론 하기야, 약간은 비열한 냄새가 나긴 하지. 무슨 상관이람? 그런 일도 한번 해 보고 싶어. 난 지금까지 너무 외곬으로 살아왔어. 양심의 가책을 느끼기는 하지만, 기분 전환인 셈이지. 자기 자신의 악취를 맡아 보는 것도 그리 기분 나쁜 일은 아니야.

단두대에서 처형당할 거라 생각하면 이젠 지긋지긋해. 이렇게 오랫동안 기다려야 하다니! 마음속으로 이미 스무 번이나 처형당해 봤어. 이젠 더 이상 짜릿한 맛도 전혀 없고, 아주 무덤덤해졌어.

딜롱　당통 부인에게 쪽지를 보내야 해.

라플로트　(방백) 그런데 두려운 건 죽음이 아니라 고통이야. 아마 아플 텐데, 누가 대신해 주겠어? 사실 일순간에 지나지 않는다고들 하지만. 고통은 보다 세밀하게 시간을 재거든. 고통은 일 초도 육십 분의 일 초로 나눈다지. 그래! 고통이야말로 유일한 죄악이야. 그리고 고뇌는 유일한 악덕이지. 난 덕을 갖추고 살 거야.

딜롱　이보게, 라플로트. 그 녀석 어디 갔나? 내게 돈이 있어. 일을 성사시켜야 해. 우린 쇠를 불려야 해. 내 계획이 완성됐어.

라플로트   잠깐, 잠깐만요! 나는 그 교도관을 알아요. 그와 이
            야기해 보겠어요. 나를 믿으세요, 장군님. 우린 구덩
            이에서 빠져나갈 겁니다. (나가면서 혼잣말로) 하지만
            서로 다른 구덩이로 들어가는 거지. 나는 넓디넓은 구
            덩이인 세상으로, 저자는 좁디좁은 구덩이인 무덤으
            로 들어가는 거야.

6장

공안위원회.
생쥐스트, 바레르, 콜로 데르부아, 비요바렌.[158]

바레르   푸키에가 뭐라고 썼나?
생쥐스트   2차 심문이 끝났어. 죄수들이 몇몇 국민공회 의원들
            과 공안위원회 위원들의 출석을 요구하고 있어. 저들
            은 증인 심문이 거부됐다고 민중들한테 호소했어. 사
            람들의 동요가 대단하다고 하더군.
            당통이 유피테르[159] 흉내를 내며 곱슬머리를 흔들
            었어.

---

158) Jacques Nicolas Billaud-Varennes(1756~1819). 자코뱅파 소속으로 9월
학살 때 폭도들을 선동했다. 국민공회 의장을 지냈다. 로베스피에르를 추종했
으나 후에 배신했다.
159) 로마 신화 최고 신으로 천둥의 신이다.

콜로 그럴수록 상송[160]이 그자의 머리채를 잡는 것은 쉬워지지.

바레르 우리 모습을 드러내서는 안 돼. 생선 장수 아낙네나 넝마주이 들도 우릴 떳떳하다고 봐 줄 수 없을 거야.

빌로 민중이란 본능적으로 짓밟히려고 하지. 발이 아닌 눈길로만 말이야. 그들은 그런 오만불손한 인상을 좋아하지. 그런 이마는 귀족의 문장(紋章)보다도 더 사악해. 거기에는 사람을 경멸하는 고상한 귀족주의가 담겨 있어. 위에서 아래로 내려다보는 눈길이 불쾌하단 말이야. 누구나 그런 자들을 쳐부수는 데에 일조해야 해.

바레르 당통은 피부가 각질로 된 지크프리트[161] 같은 사람이야. 9월 학살의 피가 그를 불사신으로 만들었어. 로베스피에르는 뭐라던가?

생쥐스트 무슨 말을 할 것처럼 행동하던데. 배심원들은 증거 자료를 충분히 입수했다고 선언하고 토론을 끝내야 해.

바레르 있을 수 없는 일이야, 그렇게는 안 돼.

생쥐스트 어떤 대가를 치르더라도 그런 자들은 없어져야 해. 우리 자신의 손으로 그자들을 목 졸라 죽여서라도 말

---

160) Charles Henri Sanson(1739~1806). 프랑스 혁명기의 사형 집행인.
161) 게르만 전설에 따르면 지크프리트는 용의 피로 목욕했기 때문에 나뭇잎이 붙어 있던 양어깨 사이 부위 외에는 칼이나 창으로 찔려도 상처가 나지 않았다고 한다.

이야. '감행해!'[162] 당통이 우리에게 이 말을 까닭 없이 가르쳐 준 게 아니야. 그자들의 시체에 걸려 혁명이 비트적거리지는 않을 거야. 하지만 당통이 살아 있으면 혁명의 옷자락을 붙잡을 거야. 그리고 그자에게는 자유마저 능욕할 수 있는 무언가가 있어. (불려 나간다.)

(교도관이 들어온다.)

교도관   생펠라지[163]에서 죄수들이 죽어 가고 있습니다. 그들이 의사를 불러 달라고 합니다.

빌로   그럴 필요 없어. 사형 집행인의 수고가 그만큼 줄어들 테니까.

교도관   그중에는 임신부들도 있습니다.

빌로   더욱 잘된 일이지. 아이들에게는 관이 필요 없으니까.

바레르   어떤 귀족이 폐병에 걸린 덕분에 혁명재판소 재판을 한 번 안 열어도 됐어. 모든 약 처방은 반혁명적일 수 있어.

콜로   (종이를 집어 든다.) 탄원서라. 여자 이름이군!

바레르   아마 단두대 널빤지나 자코뱅파 남자의 침대 중 한쪽을 선택하지 않을 수 없게 된 여자들 가운데 하나겠

---

162) 베르됭 함락 후 당통이 한 연설을 인용한 것이다.
163) 원래는 수도원이었지만 혁명 기간 중 감옥으로 쓰였다.

지. 그런 여자들은 루크레티아처럼 정조를 잃어버리고 나서 죽겠지. 하지만 그 로마 여자보다는 더 오래 살 거야. 아이를 낳다가, 또는 암으로, 또는 늙어서 죽겠지.

타르키니우스 같은 자를 처녀의 도덕 공화국에서 추방하는 것도 기분 나쁜 일은 아닐 거야.

콜로 이 여자는 너무 늙었어. 귀부인께서 죽음을 원하는군. 자신을 표현할 줄 아는 여자야. 감옥이 관 뚜껑처럼 자신을 짓누른단다. 갇힌 지 겨우 한 달밖에 안 된 주제에 말이야. 대답은 간단해. (쓰고 나서 읽는다.) "부인, 죽음을 원할 날도 그리 오래 남지 않았습니다."

(교도관 퇴장.)

바레르 말 잘했어! 하지만 콜로, 단두대가 웃기 시작하면 곤란해. 그러면 사람들이 더 이상 단두대를 겁내지 않을 테니까. 단두대에 친숙해져서는 안 된단 말이야.

(생쥐스트가 돌아온다.)

생쥐스트 방금 밀고장을 받았네. 감옥 안에서 음모를 꾸미고 있어. 라플로트라고 하는 젊은 친구가 모든 걸 알아냈어. 그는 딜롱과 같은 방을 쓰는데, 딜롱이 술에 취해 지껄여 댄 거야.

바레르　　자기가 마시던 술병으로 자기 목을 자른 셈이군. 그런
　　　　　　일이 벌써 여러 번 있었지.

생쥐스트　　당통과 카미유의 아내가 민중들에게 돈을 뿌리고,
　　　　　　딜롱은 탈옥한다는 거야. 그래서 죄수들을 풀어 주고
　　　　　　국민공회를 날려 버리겠다는 거지.

바레르　　마치 동화 같은 이야기군.

생쥐스트　　동화를 들려주며 그들을 잠재워야겠어. 고소장이
　　　　　　내 손에 들어왔어. 게다가 피고들의 불손한 짓거리,
　　　　　　민중들이 불평하는 소리, 배심원들이 당황해하는 꼴
　　　　　　이라니. 보고서를 써야겠어.

바레르　　그래, 가라고, 생쥐스트. 글 좀 잘 써 봐. 쉼표 하나하
　　　　　　나가 내려치는 군도가 되고, 마침표 하나하나가 잘라
　　　　　　낸 머리가 되도록.

생쥐스트　　국민공회는 선포해야 해. 혁명재판소가 중단 없이
　　　　　　재판을 계속해야 하고, 법정을 모독하거나 방해하는
　　　　　　피고는 누구를 막론하고 퇴정시킨다는 것을.

바레르　　자네에겐 혁명가의 본능이 있어. 아주 온건해 보이지
　　　　　　만 그래도 효과적일 것 같군. 그자들은 조용히 있지
　　　　　　못할 걸세. 당통이 소릴 질러 댈 거야.

생쥐스트　　자네들 지원을 바라겠네. 국민공회엔 당통과 똑같
　　　　　　이 병들었으면서, 당통이 받는 것과 같은 치료를 두려
　　　　　　워하는 자들이 있어. 이들이 다시 용기를 얻었지. 규
　　　　　　정 위반이라고 소릴 질러 댈 거야…….

바레르　　(말을 끊으며) 그자들에게 말하겠어. 로마에서는 카틸

리나[164])의 모반을 적발하고, 범죄자를 즉석에서 처형한 집정관[165])이 규정을 위반했다고 고소당했지. 그를 고소한 자들이 누구였던가?

콜로 (격정적으로) 어서 가, 생쥐스트! 혁명의 용암이 흐르고 있네. 자유의 억센 품에 안겨 새끼를 치려 했던 나약한 인간들은 자유의 품에 눌려 숨이 막혀 죽을 거야. 유피테르[166])가 천둥 번개를 치며 세멜레에게 나타났던 것처럼, 민중의 제왕이 그들에게 나타나 그들을 재로 만들어 버릴 거야. 가게, 생쥐스트. 천둥의 도끼가 그 비겁한 자들의 머리를 내려치도록 우리가 자넬 도와주겠어.

(생쥐스트 퇴장.)

바레르 치료라는 말 들었나? 저들은 단두대를 매독 특효약으로 만들 거야. 저들은 온건파와 싸우는 게 아니라, 악덕과 싸우고 있어.

빌로 지금까지는 우린 같은 길을 걸어왔지.

---

164) Lucius Sergius Catilina(B. C. 108?~B. C. 62). 로마 공화정 말기 귀족. 키케로가 집정관을 지내던 기원전 63년 공화정을 전복하려 했으나 실패했다.
165) 로마 집정관 키케로(Marcus Tullius Cicero(B. C. 106~B. C. 43))를 말한다. 그는 모반자 카틸리나를 로마에서 추방하고 모반 주모자들을 처형했다.
166) 그리스 신화의 제우스에 해당한다. 제우스는 천둥과 번개로 변신하여 세멜레에게 나타난다. 그녀는 죽어 가면서 디오니소스를 낳았다고 한다.

바레르 로베스피에르는 혁명을 도덕 강의실로 만들려 하고,
단두대를 연단으로 쓰려 해.

빌로 또는 기도용 탁자로 쓰려 하지.

콜로 하지만 그 경우 그는 그 위에 서지 못하고 누워야 할
거야.

바레르 쉬운 문제일 거야. 이른바 악당들이 소위 정의로운 사
람들에 의해 처형된다면 세상이 뒤집어질 테니까.

콜로 (바레르에게) 자네 클리시[167]에는 언제 다시 갈 건가?

바레르 의사가 더 이상 나를 찾아오지 않으면 갈 거야.

콜로 거기에 혜성 같은 미인이 있다며? 그 혜성의 강렬한
광채를 받으면 척수(脊髓)가 완전히 말라 버린다던데?

빌로 다음번엔 매력적인 드마이[168]의 귀여운 손가락이 그자
의 바지춤에서 그걸 끄집어내어, 땋은 머리처럼 등 뒤
에 늘어뜨리고 다니게 할 거야.

바레르 (어깨를 으쓱하며) 쉿! 그 도덕군자가 그런 말을 들으
면 안 돼.

빌로 그 친군 성 불구 무함마드[169] 같은 자야.

(빌로와 콜로 퇴장.)

---

167) Clichy. 파리 북서쪽 근교. 당시 혁명가들이 별장을 두고 향연을 즐겼다.
168) 창녀로 추측된다.
169) 이슬람교의 창시자. 마호메트라고도 한다. 여기에서는 로베스피에르를 가
리킨다.

바레르   (혼자서) 괴물들 같으니!

"부인, 죽음을 원할 날도 그리 오래 남지 않았습니다." 이 말이 이 말을 지껄인 자의 혀를 바싹 말려 버렸어야 하는데.

그런데 나는?

저 9월의 살인자들이 감옥으로 몰려갔을 때, 한 죄수가 단도를 집어 들었지. 그는 살인자들 속으로 달려들어 한 사제의 가슴을 찔렀지. 그자는 구원받았어! 누가 거기에 맞서 무슨 일을 할 수 있겠는가? 내가 살인자들 사이에 뛰어들든, 또는 공안위원회에 앉아 있든, 또는 내가 단두대를 택하든, 단검을 집어 들든 뭐가 다르겠는가? 상황이 조금 더 복잡해질 뿐이지, 근본적인 상황은 똑같아.

그런데 한 사람을 죽여도 좋다면, 두 사람, 세 사람, 그리고 그 이상을 죽여도 된단 말인가? 이런 일이 언제나 끝날 것인가? 저기 보리알들이 있구나! 둘이 모여한 무더기가 되고, 셋, 넷, 도대체 얼마나 더 필요하단 말인가? 내 양심이여, 이리 오라. 내 어린 닭이여, 구구구, 여기 모이가 있다!

하지만, 나도 역시 죄수였나? 난 혐의를 받았지. 어쨌든 결과는 마찬가지야. 나도 죽을 게 확실하니까.

(퇴장.)

7장

콩시에르주리 감옥.
라크루아, 당통, 필리포, 카미유.

라크루아 멋지게 소리치더군, 당통. 좀 더 일찍 목숨을 걱정했
더라면 지금쯤 상황이 달려졌을지도 몰라. 죽음이 한
인간에게 저렇게 뻔뻔스럽게 다가오고, 목에서 악취
를 풍기면서 점점 더 집요하게 달려들지 않는가?

카미유 죽음이 한 인간을 폭행하고, 뒹굴며 싸워 뜨거운 사지
를 찢어 내 자기 전리품으로 빼앗아 가는 거야! 하지
만 이 모든 격식은 마치 늙은 여자와 결혼식 올리는
것과 마찬가지야. 결혼 서약을 하고, 증인을 세우고,
아멘을 외치고, 그다음 침대 시트가 걷힌 후, 늙은 신
부가 차가운 몸으로 살며시 기어 들어오는 거야!

당통 팔과 이가 서로를 움켜잡고 무는 싸움 같군! 마치 물
레방아 속에 떨어진 기분이야. 내 사지가 피도 눈물도
없는 물리적 힘에 의해 서서히 체계적으로 비틀리는
것 같아. 그렇게 자동으로 살해되는 거야!

카미유 그러고 나면 사지들은 홀로 누워, 퀴퀴하게 썩은 냄새
를 풍기며 차갑게 굳어 가겠지. 아마 죽음은 의식과
더불어 서서히 썩어 가는 우리의 근육 조직에서 천천
히 삶을 고문하겠지.

필리포 진정하게, 이보게들! 우리는 겨울이 지나서야 비로소

씨앗을 거두어들이는 콜키쿰[170] 같아. 옮겨 심은 꽃들과 우리의 차이는, 우린 실험 과정에서 약간 악취를 풍긴다는 것뿐이야. 그게 그렇게 고약하단 말인가?

당통 그것참, 감동적인 전망이군! 한 쓰레기 더미에서 다른 쓰레기 더미로 옮기는 것에 지나지 않아! 거룩한 학년 이론이 아닌가? 1학년에서 2학년으로, 2학년에서 3학년으로, 이렇게 계속되지? 이제 학교라면 진저리가 나. 애처롭게도 엉덩이에 못이 박이도록 학교 걸상에 앉아 있었지.

필리포 대체 어쩌자는 건가?

당통 안식이야.

필리포 그건 하느님 품 안에 있어.

당통 무(無) 안에 있지. 어디 한번 무의 세계보다 더 마음의 안식을 주는 곳에 빠져 보게나. 최고의 안식을 주는 것이 신이라면 무가 곧 신 아닌가? 하지만 난 무신론자야. '그 무언가는 무가 될 수 없다!'라는 말은 지긋지긋해. 그런데 나는 그 무엇이야. 비통한 노릇이지!
창조가 자리를 다 차지하는 바람에, 무의 자리는 텅 비어 있어. 어딜 가나 창조가 득시글거려. 무는 자살했고, 창조는 무의 상처야. 우리는 무의 핏방울이고, 세계는 무가 썩어 가는 무덤이야.
정신 나간 소리 같지만, 여기엔 어떤 진리가 담겨 있어.

---

170) 씨와 땅속 줄기에서 관절염 치료제 등으로 쓰이는 콜히친을 채취한다.

카미유   세계는 저 영원한 유대인[171])과 같아. 무는 곧 죽음이
       지만, 죽음은 불가능해. '오, 죽을 수 없구나, 죽을 수
       없구나!'라는 노래도 있지.

당통   우리 모두는 생매장된 거야. 왕들처럼 삼중, 사중의
       관 속에 갇힌 셈이지. 하늘 아래에, 우리 집 안에, 그리
       고 우리 윗옷과 속옷 속에 묻혀 있어.

       우리는 오십 년 동안이나 관 뚜껑을 할퀴고 있어. 그
       래, 절멸을 믿을 수 있는 자라면 도움을 받을지도 모
       르지.

       죽음에는 희망이라는 게 없어. 삶이 좀 더 복잡하고
       조직화된 부패라면 죽음은 보다 단순한 부패일 뿐이
       지. 차이라면 그게 다야!

       하지만 난 이런 식으로 부패해 가는 데 익숙해. 내가
       다른 부패에 잘 대처해 나갈 수 있을지는 아무도 모를
       거야.

       오, 쥘리! 내가 홀로 떠난다면! 쥘리가 날 외롭게 버려
       둔다면! 내가 완전히 분해되고 해체된다면, 난 고문받

---

171) 최후의 심판이 있는 날까지 방랑을 계속해야 할 운명을 짊어진 전설 속
유대인을 말한다. 예수가 십자가를 짊어지고 골고다 언덕으로 끌려갈 때 피로
에 지쳐 어느 집 처마에서 쉬려 했으나 집주인은 물을 주기는커녕 심한 욕설을
하고 돌을 던지며 예수를 쫓아 버렸다. 예수는 '내가 이 세상에 다시 나타날
때까지 그대는 이 세상을 방랑하리라.'라는 한 마디를 남기고 그곳을 떠났다.
그 후 이 유대인은 눈에 보이지 않는 힘에 쫓겨 쉴 새 없이 유령처럼 세상을 방
랑해야 했고, 죽는 일조차 허락되지 않았다. 그는 오랫동안 조국을 갖지 못한
유대 민족의 상징으로 영원한 유대인이란 별명을 얻었다.

은 한 줌 먼지가 되겠지. 내 모든 원자들은 그녀 곁에서 안식을 얻을 수 있겠지.

난 죽을 수 없어, 아니야, 난 죽을 수 없어. 우린 그들 보고 소리쳐야 해. 내 사지에서 생명의 마지막 방울까지 짜내 가라고.

8장

방.
푸키에, 아마르,[172) 불랑.[173)

푸키에 뭐라고 답해야 할지 모르겠어. 저들이 위원회 소집을 요구하거든.

아마르 우린 불한당들과 상대하고 있어요. 여기 재판장님의 요구가 있습니다. (푸키에에게 종이를 건네준다.)

불랑 이거면 그들이 만족할 겁니다.

푸키에 정말이야. 우리에게 필요한 거로군.

아마르 자, 그럼 가서 그들과 함께 일을 마무리 짓도록 합시다.

---

172) Jean Baptiste André Amar(1755~1816). 원래 로베스피에르의 추종자였으나 후에 로베스피에르 정권 전복에 가담했다.
173) 아마르와 같은 안보위원회 위원.

9장

혁명재판소.

당통 공화국이 위험에 처해 있습니다. 그런데 그에게는 아무런 방침도 없습니다! 우리는 민중에게 호소할 겁니다. 내 목소리에는 공안위원들에게 추도사를 읽어 줄만한 힘이 아직도 충분합니다.
거듭 위원회 소집을 요구합니다. 우리는 중대 사실을 밝힐 겁니다. 나는 이성의 요새로 퇴각했다가 진리의 대포알로 튀어나와 적들을 분쇄할 겁니다. (박수 소리.)

(푸키에, 아마르, 불랑 등장.)

푸키에 공화국의 이름으로 명령하건대 조용히 하시오. 그리고 법을 존중하시오!
국민공회는 다음 사항을 결의했습니다.
감옥 안에서 모반의 징후가 드러난 것을 감안하여, 당통과 카미유의 아내가 민중들에게 돈을 풀고, 딜롱 장군이 탈옥해서 피고들을 풀어 주기 위해 역도들의 선두에 설 것을 감안하여, 마지막으로 피고들 자신이 소란을 일으키고 법정을 모독하려 한 것을 감안하여, 본 법정은 중단 없이 심리를 계속하고, 법을 경외하지 않는 모든 피고의 발언권을 박탈할 전권을 위임받았습니다.

당통 이 자리에 계신 여러분께 묻겠습니다. 우리가 법정을 모욕했단 말입니까, 또는 국민과 국민공회를 모욕했단 말입니까?

여러 목소리 아니요, 아닙니다!

카미유 야비한 녀석들, 저들이 나의 뤼실을 죽이려 하는구나!

당통 언젠가는 진실이 알려질 겁니다. 프랑스에 커다란 재앙이 닥쳐오고 있습니다. 독재라는 재앙 말입니다. 독재가 베일을 벗어 버렸고, 보란 듯이 뻐기며 우리 시신을 밟고 지나갈 것입니다. (아마르와 불랑을 가리키며) 보시오, 저 비겁한 살인자들을. 보시오, 공안위원회의 저 까마귀들을!

나는 로베스피에르, 생쥐스트, 그리고 대역죄를 저지른, 이들의 사형 집행인을 고발합니다.

이들은 피로 공화국을 질식시키려 합니다. 단두대로 가는 호송 마차의 길을 따라, 외국 군대들이 조국의 심장부로 진격해 올 것입니다.

자유의 발자국이 얼마나 오랫동안 무덤이 되어야 한단 말입니까?

여러분은 빵을 원합니다. 그런데 저들은 여러분에게 사람 머리를 던져 줍니다. 여러분은 목이 마른데, 저들은 단두대 계단에 흐르는 피를 핥게 합니다.

(방청객들 사이에서 격렬한 동요가 일어나고 박수와 고함 소리가 들린다.)

많은 목소리　당통 만세, 공안위원을 타도하자! (죄수들이 강제
　　　　　　로 끌려 나간다.)

10장

재판소 앞 광장.
군중들.

몇몇 목소리　공안위원들을 타도하자! 당통 만세!

시민1　그래, 맞는 말이야. 빵 대신 사람 머리를, 포도주 대신
　　　　피를 주는 자들이야!

몇몇 여인　단두대는 못된 방앗간이고, 삼손은 빵 가게의 못된
　　　　종업원이야. 우린 빵을 원해, 빵을!

시민2　여러분의 빵 말이오, 그건 당통이 처먹었어! 그자의
　　　　목을 베면 여러분 모두에게 다시 빵이 돌아갈 거요.
　　　　그의 말이 옳았어.

시민1　당통은 8월 10일에 우리와 같이 있었소. 지난 9월에
　　　　도 우리와 함께였어. 그를 고발한 사람들은 그때 어디
　　　　에 있었소?

시민2　라파예트도 베르사유에서 우리와 함께 있었지만 배
　　　　반자로 드러났소.

시민1　당통이 배반자라고 누가 말했소?

시민2　로베스피에르요.

시민1　그렇다면 로베스피에르가 반역자야!

시민2　누가 그런 소릴 하던가요?

시민1　당통이.

시민2　당통은 멋진 옷을 입고 다니고 멋진 집에서 삽니다. 당통은 아름다운 부인을 데리고 살고, 부르고뉴산 포도주로 목욕하고, 은 접시에 야생 짐승 고기를 담아 먹고, 술에 취하면 자네들의 아내며 딸 들과 잠자리를 같이하는 자야.

　　　전에는 당통도 여러분처럼 가난했습니다. 그 모든 걸 어디서 구했겠습니까? 그자는 왕관을 구해 주기 위해 국왕에게 거부권을 주고 재산을 얻었습니다. 오를레앙 공작이 왕관을 훔쳐 오라 시키며 그에게 재산을 선사했습니다. 그리고 여러분 모두를 배반하라고 저 외적[174]이 당통에게 재산을 주었습니다.

　　　그런데 로베스피에르가 가진 것이 무엇입니까? 그는 덕망 있는 사람입니다! 여러분 모두는 그를 잘 압니다.

모두　　로베스피에르 만세! 당통을 타도하라! 반역자를 타도하라!

(막)

---

174) 연합군의 실질적인 사령관으로, 프랑스가 혁명의 소용돌이에 빠져든 것에 반대한 영국인 윌리엄 피트를 가리킨다.

4막

1장

방.
쥘리, 한 소년.

쥘리 이젠 끝장이야. 그들은 남편 앞에서 떨고 있었어. 그들은 겁이 나서 그를 죽이려 해. 가거라! 난 당통을 마지막으로 보았어. 가서 말해라. 그런 모습을 눈 뜨고 볼 수 없다고. (소년에게 자신의 머리칼을 한 줌 잘라 준다.) 자, 이걸 갖다 드리고 말씀 드려. 그 혼자 떠나지는 않을 거라고. 무슨 말인지 알아들을 거야. 그러고 나서는 곧장 돌아와라. 네 눈에서 그의 눈길을 읽고 싶으니.

2장

거리.
뒤마,[175] 한 시민.

시민   그런 식으로 심문을 끝내고, 어떻게 그 많은 아무 죄
        없는 사람들에게 사형 선고를 내릴 수 있지?

뒤마   사실 이례적인 일이지. 하지만 혁명가들에게는 다른
        사람에게는 없는 감각이 있어. 그 감각은 결코 틀리는
        법이 없어.

시민   호랑이의 감각이지.
        자네에게 아내가 있었던가.

뒤마   곧 과거 일이 될 거야.

시민   그게 정말이야?

뒤마   혁명재판소에서 이혼 판결을 내릴 거야. 단두대가 식
        탁과 침대에서 우릴 떼어 놓을 거야.

시민   자네 무서운 사람이군!

뒤마   자네 멍청이로군! 브루투스[176]를 예찬하나?

---

175) René François Dumas(1758~1794). 로베스피에르의 충실한 추종자로 혁
명재판소 의장이자 내무부 장관이었다. 로베스피에르 정권이 무너진 후 1794년
7월 27일 처형당했다.
176) Lucius Junius Brutus(B. C. 509~?). 에트루리아의 타르키니우스 왕을 내쫓
고 로마 공화국을 건설한 전설적인 영웅이다. 아들 하나가 타르키니우스 복위
음모에 가담해 죽음을 맞이했고, 다른 아들 하나는 형제의 음모를 알고도 고
발하지 않아 집정관인 아버지에 의해 사형을 언도받았다.

시민   진심으로 예찬하지.

뒤마   자신이 가장 사랑하는 것을 조국에 바치기 위해 굳이 로마 집정관이 되어 토가로 머리를 가려야 하겠나? 난 내 붉은 예복의 소매로 눈을 깨끗이 닦을 거야. 그게 전적인 차이지.

시민   끔찍한 이야기군!

뒤마   가게, 자넨 내 말을 알아듣지 못하는군. (두 사람 퇴장.)

3장

콩시에르주리 감옥.
한 침대엔 라크루아와 에로, 다른 침대엔 당통과 카미유.

라크루아   머리가 이렇게 자라다니, 그리고 손톱도. 정말 창피한 노릇이군.

에로   좀 조심하세요. 당신이 재채기하는 바람에 내 얼굴에 온통 모래가 튀었어요!

라크루아   그러는 당신은 내 발이나 밟지 마요. 발에 티눈이 박였다니까!

에로   아직 해충들한테 시달리는군요.

라크루아   아, 이놈의 벌레들한테서라도 완전히 벗어났으면.

에로   그럼, 편히 주무세요! 잠자리가 좁으니 우리 서로 잘해 나가도록 조심합시다.

잠자다가 손톱으로 날 좀 할퀴지 마요.

이런!

수의(壽衣)를 그렇게 함부로 당기지 마요. 아래쪽이 추워요.

당통 그래, 카미유. 내일이면 우린 닳아빠진 구두가 되어 거지 같은 땅바닥에 내팽개쳐지겠지.

카미유 소가죽 말인데…… 플라톤에 따르면, 천사들이 소가 죽으로 슬리퍼를 만들어 신고 땅 위에서 질질 끌고 다 닌다던데. 그런데 우리가 딱 그 꼴이 되고 있어. 뤼실!

당통 이보게, 진정하게나!

카미유 내가 진정할 수 있겠나? 자네는 그렇게 생각하나, 당 통? 내가 진정할 수 있다고 생각하나? 저놈들이 뤼실 에게 손대서는 안 돼! 그녀의 감미로운 몸에서 뿜어 나오는 아름다움의 빛은 꺼지지 않을 거야. 보라고, 흙도 감히 그녀 몸을 덮어 버리지 못할 거야. 흙은 그 녀 몸 주위를 아치 모양으로 둘러싸겠지. 그러면 무덤 의 안개는 그녀의 속눈썹에서 이슬처럼 빛나겠지. 그 녀 사지 주위엔 온갖 수정들이 꽃처럼 피어오르고, 맑 은 샘물이 잠든 그녀에게 속삭일 거야.

당통 이보게, 자라고. 잠이나 자라고.

카미유 내 말 들어 봐, 당통. 우리끼리 이야기지만, 죽어야 한 다는 것은 너무나 비참한 일이야. 죽어 보았자 아무 소용없어. 난 삶의 어여쁜 두 눈에서 마지막 눈길을 훔쳐 내겠어. 눈을 뜨고 있고 싶단 말이야.

당통 어차피 자넨 눈을 뜨고 있을 거야. 사형 집행인 상송이 눈을 감겨 주지 않거든. 잠이 보다 자비롭다네. 이봐, 자라고. 잠이나 자라고!

카미유 뤼실, 당신 키스가 내 입술에 와 닿는 것 같아. 입맞춤은 모두 꿈이 되고, 내 눈은 감긴 채 그 꿈을 꼭 감싸고 있어.

당통 저 시계는 대체 멈추지도 않을 건가? 째깍거릴 때마다 사방 벽이 내 주위로 자꾸 좁혀 들어 급기야는 관처럼 좁아질 것 같아.

언젠가 어렸을 때 그런 이야기를 읽은 적 있었지. 무서워서 머리카락이 곤두섰어.

그래, 어렸을 적에! 이렇게 자라도록 날 먹여 주고 입혀 준 보람이 이거라니. 고작 무덤 파는 사람 일거리나 만들어 준 것에 불과하다니!

벌써 몸에서 시체 냄새가 나는 것 같아. 내 사랑하는 몸아, 난 코를 막고 상상에 잠겨 보련다. 네가 춤을 추느라 땀이 나서 냄새를 풍기는 여인이라고 말이야. 그래서 너에게 듣기 좋은 말을 하련다. 우리는 이미 오랜 세월을 같이 보냈지.

내일이면 넌 부서진 바이올린이 되겠지. 선율을 다 연주한 바이올린 말이야. 내일이면 넌 빈 술병이 되겠지. 포도주를 다 마셔 버린 병 말이야. 하지만 난 그래도 취하지 않고, 말짱한 정신으로 잠자리에 들 거야. 곤드레만드레 취할 수 있는 사람은 행복한 거지. 내일이면 넌 다 해진 바지가 되고, 옷장 속에 내던져지겠지. 그리고 좀먹히는 신세가 될 거고, 네 마음대로 악취를 풍겨도 되겠지.

아, 그래 봤자 아무 소용없어. 그래, 죽어야 한다는 건 너무 비참해. 죽음은 출생을 흉내 내는 거야. 죽는 순간이 되면 우리는 갓 태어난 아이들처럼 어쩔 줄 몰라 하고 벌거벗은 몸이 되지. 물론 우리는 기저귀 대신 수의를 입겠지. 그게 무슨 소용 있겠어? 우리는 요람 안에서처럼 무덤 속에서 흐느껴 울 거야.

카미유! 자는군. (카미유를 내려다보며) 속눈썹 사이에서 꿈이 어른거리는군. 이 친구의 두 눈에서 잠의 금빛 이슬을 털어 버리지 말아야지.

(일어나 창가로 간다.) 혼자 가지는 않겠구나. 고마워, 쥘리! 하지만 달리 죽고 싶었는데, 전혀 힘들이지 않고, 마치 별이 떨어지듯, 소리가 저절로 멎어 가고, 자신의 입술로 죽음의 입맞춤을 하듯, 마치 빛이 맑은 물결에 파묻히듯 말이야.

어슴푸레 내비치는 눈물방울처럼 별들이 밤하늘을 수놓는구나. 눈에서 눈물이 방울져 떨어질 땐 몹시 슬픈 일이 있다는 거야.

카미유 오! (몸을 일으키고 천장을 향해 손을 더듬거린다.)

당통 왜 그러나, 카미유?

카미유 오, 오!

당통 (카미유를 흔든다.) 천장을 긁어 뜯어내려고 그러나?

카미유   아, 자네, 자네, 날 좀 잡아 줘! 이보게, 말 좀 해 봐!

당통   사지를 온통 떠는군. 이마에 땀 좀 봐.

카미유   이건 자네고, 이건 나로군그래. 이건 내 손이야! 이제
         정신이 드네. 오, 당통, 정말 끔찍했어!

당통   대체 뭐가 말이야?

카미유   꿈인가 생시인가 했어. 저기 천장이 사라지고 달이 가
         까이, 아주 가까이 내려왔어. 난 팔로 달을 붙잡았지.
         그러자 하늘이 빛을 내면서 내려왔어. 난 하늘을 밀
         어냈어. 별들을 더듬으며, 얼음장 아래에서 물에 빠져
         죽는 사람처럼 허우적거렸지. 끔찍했어, 당통!

당통   등불이 둥그런 천장에 비치는 걸 보고 그런 거야.

카미유   하기야 그럴지도 모르지. 저런 것 때문에 정신까지 잃
         어버리다니. 광기가 내 머리카락을 잡아당겼어. (몸을
         일으킨다.) 자고 싶은 생각이 싹 달아났어. 미치고 싶
         지 않단 말이야.

         (책을 향해 손을 뻗는다.)

당통   무슨 책이야?

카미유   『밤에 떠오르는 생각』[177]이야.

당통   미리 죽을 작정인가? 난 『처녀』[178]나 읽겠어. 기도용 탁

---

177) 영국 시인 에드워드 영(1683~1765)의 서사시. 삶과 죽음, 고난을 노래한다.
이 작품에서 영은 이렇게 말한다. "탄생은 죽음의 시작에 불과하다. 인간이여,
스스로를 알라. 모든 지혜는 그대 자신에게 집중되어 있다. 우리들 위안의 대
부분은 고난 속에 있다."
178) 잔 다르크를 그린 볼테르의 풍자적인 서사시 「오를레앙의 처녀」를 가리킨다.

자가 아니라 창녀의 침대를 떠나듯 삶을 하직하겠어.
삶이란 창녀와 같아. 온 세상과 정을 통하니 말이야.

4장

콩시에르주리 감옥 앞 광장.
교도관, 마차와 두 마부, 여자들.

교도관 누가 자네들을 이리 오라고 시켰어?
마부1   내 이름은 '이리 오라고'가 아니오. 참 희한한 이름이군.
교도관 바보 같은 녀석. 누가 자네에게 그런 일을 시켰냐고?
마부1   난 마구간[179]은 얻지 못했고, 두당 10수밖에 안 받았소.
마부2   이 망할 놈이 내 밥줄을 끊어 놓으려고 하네.
마부1   밥이 어쩌고 어떻다고? (죄수들이 있는 창을 가리키며)
        저건 벌레나 먹는 밥이야.
마부2   내 자식들도 벌레나 다름없어. 자기들 몫을 달라는 거
        야. 오, 우리 일은 잘 안 돼. 그래도 우리가 최고의 마
        부들인데.
마부1   어째서?
마부2   그럼 누가 최고의 마부겠어?

---

179) 교도관이 'Bestallung geben(일을 시키다)'라는 표현을 쓰며 묻자, 마부는
'Stallung kriegen(마구간을 얻다)'라고 운을 맞춰 동문서답하고 있다.

마부1   그야 가장 멀리, 가장 빨리 달리는 마부지.

마부2   그래, 이 바보야. 이 세상 바깥으로 달리는 마부보다 더 멀리 달리는 마부가 어디 있겠어? 그리고 그런 거리를 십오 분보다 더 빨리 달리는 자가 어디 있겠어? 정확히 재면 여기서 혁명광장[180]까지 가는 데 십오 분밖에 안 걸린단 말이야.

교도관   서둘러, 이 불한당들아! 성문 쪽으로 가까이 오라니까. 저리 비켜요, 아가씨들!

마부1   그대로 계세요! 사나이가 아가씨 주위를 돌아가다니. 언제나 가운데로 들어가야지.

마부2   그래, 맞는 말이야. 자네 노새와 마차를 끌고 들어가도 되겠어. 길이 잘 닦였으니까. 하지만 들어갔다가 나온 다음에는, 격리 처분[181]을 받아야 할 거야. (마차를 끌고 간다.)

마부2   (여자들에게) 뭘 멍하니 바라보는 거야?

여자   오래된 손님을 기다려요.

마부2   내 마차가 유곽인 줄 알아? 이건 품위 있는 마차라고. 왕과 귀하신 분들을 파리에서 연회장으로 모시던 마차란 말이야.

뤼실   (등장해서 죄수들의 창 아래 있는 돌 위에 앉는다.) 카미

---

180) 죄수가 처형되던 장소.
181) 전염병에 걸린 후 받는 사십 일간의 격리 처분을 말한다.

유, 카미유!

(카미유가 창문에 나타난다.) 여보, 카미유. 그렇게 기다란 돌 윗옷을 걸치고 얼굴에 철 가면[182]을 쓴 당신 모습이 우스워. 이쪽으로 몸을 굽힐 수 없어? 당신 팔은 어디 있어?

새장에 갇힌 사랑스러운 새인 당신을 유혹할 거야.

(노래한다.)

하늘에 뜬 작은 별 두 개

달님보다 더 밝게 빛나는구나.

별 하나는 내 님 창 앞에 비치고

다른 별 하나는 내 방문 앞에 비치네.[183]

이리 와, 이리, 여보! 계단을 살짝 올라와. 사람들이 모두 잠들었으니. 저 달 덕분에 이렇게 오래 기다릴 수 있었어. 하지만 당신은 성문 안으로 들어올 수 없네. 그런 거추장스런 옷을 입었으니. 장난이 너무 심해. 이젠 그만해. 당신은 꼼짝도 않는군. 왜 한마디 말도 없지? 그런 모습 무서워.

내 말 좀 들어 봐! 사람들이 그러는데, 당신은 죽을지도 모른대. 그러면서 아주 심각한 표정들을 짓더군. 죽다니! 그 표정들을 보고 웃지 않을 수 없었어. 죽다

---

182) 감옥의 기다란 담벼락과 철창을 의미한다. 보다 넓게는 프랑스 전설과 문학에서 잘 알려진 '철 가면을 쓴 왕자'를 암시하기도 한다.

183) 민요를 약간 바꾸어 부른 노래다.

니! 그게 무슨 말이야? 말 좀 해 봐, 카미유. 죽다니!
곰곰 생각해 봐야겠어. 저기, 저기 그분이 가는군. 저
분을 따라가 봐야겠어. 여보. 저분을 붙잡도록 좀 도
와줘, 자! 어서!

(달려간다.)

카미유 (소리친다.) 뤼실! 뤼실!

5장

콩시에르주리 감옥.

당통이 옆방과 통하는 창가에 있다.

카미유, 필리포, 라크루아, 에로.

당통 이제 조용해졌군, 파브르.

목소리 (안에서) 죽어 가고 있어.

당통 이제 우리가 뭘 하게 될지 자네도 아나?

목소리 뭔데?

당통 자네가 평생 동안 해 온 일이지. 시 짓는 일 말이야.

카미유 (혼잣말로) 뤼실의 눈에 광기가 어렸어. 벌써 많은 사
람들이 미쳐 버렸지. 세상이란 그런 거지. 그렇다고
우리가 뭘 할 수 있겠어? 우리 손이나 씻어야지.[184]

---

184) 우리에겐 아무런 책임이 없다는 뜻. 「마태복음」 27장 24절 참조. "빌라도

그 편이 나을 거야.

당통   끔찍한 혼란이 일어나게 모든 걸 내버려 둘 수밖에. 나라를 다스릴 줄 아는 사람이 아무도 없어. 로베스피에르에겐 내 창녀를, 쿠통[185]에겐 내 장딴지나 남겨 주면, 혹시 그럭저럭 돼 나갈지도 모르지.

라크루아   우린 자유를 창녀로 만들었을지도 몰라!

당통   그럴지도 모르지! 자유와 창녀는 지상에서 가장 세계주의적인 존재들이야. 자유는 이제 저 아라스 변호사[186]의 침실에서 정숙하게 몸을 팔 거야. 하지만 자유는 클리템네스트라[187]처럼 로베스피에르에게 반기를 들고 말 거야. 나는 그자에게 육 개월 시한을 주겠어. 난 그자도 함께 끌고 갈 거야.

카미유   (혼자서) 하늘이 그녀를 도와 편안한 고정 관념을 품게 했군. 흔히 건전한 이성이라 부르는 일반적인 고정 관념은 참을 수 없이 지루해. 가장 행복한 사람은 자신이 성부, 성자, 성령이라고 상상할 수 있었던 자였어.

라크루아   우리가 지나가면 저 얼간이들이 "공화국 만세." 하고 소릴 지르겠지.

가 아무 효험도 없이 도리어 민란이 나려는 것을 보고, 물을 가져다가 무리 앞에서 손을 씻으며 가로되, 이 사람의 피에 대해서는 나는 무죄하니."

185) Georges Auguste Couton(1755~1794). 로베스피에르의 추종자로 다리를 절었다.

186) 로베스피에르를 가리킨다.

187) 그리스 신화에서 클리템네스트라는 남편 아가멤논이 십 년 만에 트로이 전쟁에서 돌아오자 정부로 하여금 남편을 살해하게 한다.

당통　무슨 상관인가? 혁명의 대홍수는 자기 마음대로 아무 데서나 시체를 치운다네. 사람들은 화석이 된 우리 뼈로 언제까지나 왕들의 머리통을 부술 수 있을 거야.

에로　그래, 삼손[188] 같은 자가 우리 턱뼈를 발견한다면 말이야.

당통　그들은 카인의 후예[189]야.

라크루아　로베스피에르는 네로[190] 같은 자야. 카미유가 체포되기 이틀 전 그가 카미유에게 더없이 친절했다는 사실이야말로 가장 확실한 증거지. 그렇지 않은가, 카미유?

카미유　나야 뭐 상관없어. 그게 나와 무슨 상관이란 말인가?

　　　(혼자서) 뤼실이 광기에 빠진 상태에서 예쁜 아기를 낳았다니! 나는 왜 지금 떠나야 한단 말인가? 우린 아이와 함께 웃고, 아이를 요람에 태우고, 뽀뽀도 해 줬을 텐데.

당통　역사가 언젠가 자신의 무덤을 열어젖힌다면, 그때도 전제 정치는 우리 시신에서 나는 향내에 질식할 거야.

에로　우린 살아 있는 동안에도 악취를 충분히 풍겼어.

　　　그런 이야기는 후세에나 들려줄 허튼소리야. 그렇지 않은가, 당통? 우리와는 하등 상관없는 이야기라고.

카미유　저 친구, 화석이라도 되어야 한다는 표정이군. 후세

---

188) 사형 집행인 상송을 암시하는 말. 성서에서 삼손은 나귀 턱뼈로 바리새인 천 명을 때려죽였다.
189) 사형 집행인 상송과 성서의 삼손을 두고 하는 말.
190) 로마 황제로 정신 이상이 있는 독재자였다.

사람들에 의해 고대 유물로 발굴되기라도 해야 한다
는 표정이야.

주둥이를 내밀어 립스틱을 바르고, 교양 있는 언어로
말하는 것도 보람 있는 일이지. 하지만 우린 언젠가
는 가면을 벗어야 해. 그러면 거울로 된 방에 들어섰
을 때처럼, 어디서나 볼 수 있는, 아주 오래되고, 언제
나 똑같으며, 도저히 어쩔 수 없는 바보를 볼 거야. 우
리 얼굴은 그 이상도, 그 이하도 아니야. 차이는 그리
크지 않아. 우리 모두가 악당인 동시에 천사고, 바보
인 동시에 천재지. 더구나 이 모든 걸 한 몸에 지녔지.
이 네 가지가 들어갈 자리는 한 몸에 충분해. 이것들
은 우리가 생각하는 것만큼 부피가 크지 않아.

잠자고, 소화하고, 자식 낳는 건 누구나 다 하는 일이
지. 그 밖의 것들은 같은 주제에 대한 서로 다른 조성
(調性)들로 이루어진 변주곡에 지나지 않아. 그런데도
우린 발끝으로 걷고, 근엄한 표정을 지으며, 서로 점
잔 빼곤 하지! 우린 같은 식탁에서 음식을 먹고 병이
난 거야. 복통을 일으킨 거지. 얼굴은 왜 냅킨으로 가
리는 건가? 소리 지르고 싶으면 마음껏 지르고, 울고
싶으면 실컷 울라고. 그렇게 덕이 있는 척, 재치 있는
척, 영웅인 척, 천재적인 척하지 말라고. 우린 서로를
잘 아니까, 애써 보았자 소용없는 일이지.

에로　그래, 카미유. 우리 나란히 앉아 소리나 지르자. 괴로
워 죽겠는데 입을 꾹 다물고 있는 것만큼 어리석은 짓

은 없지.

그리스인들과 신들은 소릴 질렀는데, 로마인들과 스토아학파는 인상을 찌푸리며 영웅적인 얼굴을 했지.[191]

당통   이쪽이나 저쪽이나 다 에피쿠로스주의자[192]인 건 마찬가지야. 그들은 아주 마음 편히 자기감정대로 행동했지. 토가[193]를 걸치고, 그림자가 긴지 어떤지 둘러보는 것도 그리 나쁜 일은 아니지. 우리가 왜 속을 썩이며 살아야 하나? 우리 치부를 월계수 잎으로 가리든, 장미 화환으로 가리든, 또는 포도 넝쿨로 가리든 무슨 상관이란 말인가? 아니면 그 보기 흉한 물건을 드러내 놓고 다니면서 개보고 핥으라 한들 무슨 상관이란 말인가?

필리포   이보게, 친구들. 온갖 혼란스러운 동요와 겉만 번지르르한 허식을 더 이상 보지 않으려고, 땅 위에 높이 서서 위대하고 신적인 몇몇 형상들을 바라볼 필요는 없어. 고막을 찢는 듯한 함성과 비탄의 절규를 화음의 물결로 듣는 귀가 있지.

당통   하지만 우리는 가련한 악사들이고, 우리 육체는 악기

---

191) 스토아학파의 이념은 로베스피에르 일파의 도덕 이념과, 에피쿠로스주의는 당통 추종자들의 감각론과 일치한다.
192) 에피쿠로스주의는 원래는 에피쿠로스의 학설을 가리키는 말이었지만, 그가 주장하는 쾌락주의가 전용되어 감각적 향락주의, 즉 육체 탐닉이나 식도락을 의미하게 되었다. 에피쿠로스주의자도 이러한 향락주의자를 일컫는다.
193) 혁명가들이 입는 로마식 의상을 암시한다.

야. 이 악기에서 어설프게 흘러나오는 듣기 싫은 음들은 점점 더 높이 올라갔다가 마침내 서서히 나지막이 멎어 가면서 천상의 귀 속에서 관능적인 입김처럼 사라지기 위해 존재한단 말인가?

에로 우리는 고기 맛이 좋아지라고 몽둥이로 죽도록 두들겨 맞은 후 호사스러운 식탁에 올려지는 돼지 새끼와 같다는 말인가?

당통 우리는 신들이 웃으며 즐거워하도록, 이 세상의 이글이글 타오르는 몰렉[194] 팔에 안겨 구워지고, 빛에 의해 간지럼 태워지는 어린아이들이란 말인가?

카미유 금빛 눈[195] 달린 창공(蒼空)은 황금 잉어를 담은 접시란 말인가? 그 접시가 복된 신들의 식탁에 올려지면, 복된 신들은 영원히 웃음을 터트릴 거고 물고기들은 영원히 죽어 가겠지? 그러면 신들은 사투를 벌이는 물고기들의 색채 변화를 영원히 즐기겠지?

당통 이 세상은 혼돈이야. 무(無)야말로 새로 태어날 세계의 신인 셈이지.

(교도관이 등장한다.)

교도관 여러분, 이제 떠나야겠습니다. 마차가 문 앞에서 대기

---

194) 바빌론의 신 몰렉은 끝없이 아이들을 태워 제물로 바칠 것을 요구하는데, 산 제물의 피와 그 부모들의 눈물로 몸을 씻었다고 한다.
195) 별을 말한다.

하고 있습니다.

필리포 잘 자게, 이보게들! 큰 이불을 조용히 덮자고. 그러면 그 속에서 우리 모두의 심장은 서서히 박동을 멈추고, 눈들도 모두 감기겠지. (서로 껴안는다.)

에로 (카미유의 팔을 잡는다.) 기뻐하게, 카미유. 우린 멋진 밤을 맞이할 거야. 서서히 사라지고 가라앉는 신의 형상을 하고 꺼져 가는 올림포스 산처럼, 구름들이 고요한 저녁 하늘에 걸려 있군.

(모두 퇴장한다.)

6장

방.

쥘리 사람들이 골목을 뛰어다니더니, 이젠 전부 조용해졌어. 잠시도 그이를 기다리게 하고 싶지 않아. (약병을 끄집어낸다.) 인자하신 신부님, 당신의 아멘으로 우리를 잠자리에 들게 해 주세요. (창가로 간다.) 이별이란 이렇게 마음 아픈 것이구나. 이제 문만 닫으면 되겠구나. (마신다.)

언제까지나 이렇게 서 있으면 좋겠는데.

해가 졌어. 해가 떠 있을 때는 대지의 모습이 그토록

선명하더니, 이젠 그 얼굴이 마치 죽어 가는 사람처럼 조용하고 진지해졌어. 대지의 이마와 뺨에 어른거리는 저녁노을이 참 아름답기도 하구나. 이제 대지가 점점 더 창백해지면서, 시체처럼 대기의 물결 속에서 떠내려가는구나. 대체 누가 금빛 머리채를 잡고 대지를 물결에서 끌어 올려 땅에 묻어 주겠는가?

난 조용히 가련다. 대지에 입맞춤도 하지 말아야지. 이제 막 잠이 들었는데 숨소리나 한숨 소리로 깨워서는 안 되니까.

잘 자 잘 자. (죽는다.)

7장

혁명광장.

마차들이 도착해서 단두대 앞에 멈춘다. 남자와 여자 들이 카르마뇰[196]을 부르면서 춤춘다. 죄수들은 라 마르세예즈[197]를 부르기 시작한다.

아이들을 데리고 있는 여자   비켜요, 비켜! 배가 고파 애들이 울어요. 애들이 좀 조용해지게 보여 줘야겠어요. 좀 비

---

196) 프랑스의 혁명가.
197) 루제 드릴(Rouget de Lisle)이 1792년에 지은 노래. 당시 혁명가로 불렸으며, 지금은 프랑스의 국가가 되었다.

켜요!

여자1   어이, 당통, 이제 벌레들하고 그 짓 할 수 있겠다.

여자2   에로, 그 탐스러운 머리카락으로 내 가발이나 만들어 야겠다.

에로   내 머리칼은 벌채한 네 베누스의 산[198]에 심을 만큼 그렇게 숱이 많지 않아.

카미유   이 지긋지긋한 마귀할멈들아! 너희들은 "산이 우리 위로 무너져 내린다!"[199]라고 소리치게 될 거야.

여자1   산은 이미 너희들 위로 무너져 내렸어. 아니면 너희들 이 산으로 떨어졌던가.

당통   (카미유에게) 이보게, 진정하게. 자넨 고함지르느라 목 이 다 쉬었어.

카미유   (마부에게 돈을 주며) 자, 늙은 사공,[200] 자네 마차는 멋 진 접대용 쟁반이야!

여러분, 내가 먼저 식탁에 오르겠소. 아주 멋진 향연 이군. 우린 제자리에 누워, 헌작(獻爵)[201]할 피를 흘릴 겁니다. 잘 가게, 당통! (단두대로 올라간다. 다른 죄수들

---

198) 여성의 음부를 뜻한다. 독일 튀링겐 주와 헤센 주에 있는 여러 산 이름이 기도 하다.
199) 「호세아」 10장 8절 및 「누가복음」 23장 30절에서 인용. 자코뱅파는 당시 산 악당으로도 불렸다.
200) 그리스 신화에서 죽은 사람을 싣고 스틱스 강을 건너 저승 세계로 데려다 주는 사공을 말한다.
201) 향연 전에 포도주를 마시거나 땅에 부어 신에게 제사 지내던 고대 로마의 관습.

도 차례로 뒤따라 오른다. 당통이 마지막으로 올라간다.)

라크루아 (군중에게) 여러분은 이성을 잃어버린 날에 우리를 죽이지만, 이성을 되찾는 날엔 저들을 죽일 겁니다.

몇몇 목소리 그런 소리 좀 작작 해.[202] 지겨워 죽겠어!

라크루아 저 독재자들은 우리 무덤 때문에 목이 부러질 거야.

에로 (당통에게) 저 친구는 자기 시체를 자유의 온상으로 생각하는 모양이야.

필리포 (단두대 위에서) 나는 여러분을 용서하겠소. 여러분이 죽는 순간이 내가 죽는 순간보다 덜 쓰라리기 바라오.

에로 내 그럴 줄 알았어. 저 친구는 다시 한 번 가슴을 열어 젖히고, 자기 속옷이 깨끗하다는 걸 저 아래 사람들에게 보여 주지 않을 수 없을 거야.

파브르 잘 가게, 당통! 난 이중으로 죽는 셈이군.[203]

당통 잘 가게, 친구! 단두대가 최고의 의사가 돼 줄 거야.

에로 (당통을 껴안으려 한다.) 아, 당통. 이젠 농담마저 나오질 않아. 시간이 됐어.

(사형 집행인이 그를 뒤로 밀친다.)

당통 (사형 집행인에게) 자넨 죽음보다 더 잔혹하게 굴 셈인가? 자넨 우리 머리가 저 바구니[204]가 있는 바닥에서 서로 입 맞추는 것까지 막을 수 있단 말인가?

---

202) 1793년 10월 30일 처형당한 지롱드파 라수스(Lasource)도 비슷한 말을 했다.
203) 파브르는 단두대에 올라갔을 때 이미 중병에 걸려 있었다.
204) 처형된 머리를 받기 위해 단두대 바닥에 설치된 장치.

8장

거리.

뤼실   뭔가 중요한 게 있어. 좀 곰곰 생각해 봐야겠어. 이제 뭘 좀 알 것 같아.

죽는다, 죽는다! 모든 것이 다 살아가는데, 저 작은 모기도 새도 모두 죽지 않고 살아가는데. 왜 그이는 살지 못하는 거지? 생명의 흐름은 단 한 방울만 잘못 흘러도 막히는 법이지. 이번 일격으로 대지는 분명 상처를 입을 거야.

모든 게 움직이고 있어. 시계는 재깍거리고, 종은 울리고, 사람들은 걸어가고, 물은 흘러내리지. 이렇게 모든 게 언제까지나 계속되겠지……. 안 돼. 그럴 수는 없어, 안 돼. 난 바닥에 주저앉아 소리 지를 거야. 모든 게 깜짝 놀라 멈춘 채로 움직이지 못하고 더는 꼼짝도 못하도록 말이야.

(주저앉아 두 눈을 가리고 고함을 질러 댄다. 잠시 후 일어난다.) 이래 봤자 아무 소용없어. 예나 지금이나 모든 게 마찬가지야. 집들도 골목도 마찬가지고, 여전히 바람은 불고, 구름도 흘러가고. 우린 이 모든 걸 참아 내야 하나 봐.

(몇몇 여자들이 골목을 내려온다.)

여자1   에로, 매력적인 남자였는데.

여자2   헌법 제정 기념 축제[205] 때 나는 그가 개선문에 서 있는 걸 보고, 단두대 위에서도 멋져 보일 거라고 생각했지. 그때의 내 예감이 맞았어.

여자3   그래. 사람들을 온갖 상황에서 살펴봐야 해. 죽는 모습을 그렇게 공개하길 정말 잘했어. (여자들이 모두 지나간다.)

뤼실   여보, 카미유! 이제 당신을 어디서 찾아야 하지?

9장

혁명광장.
두 사형 집행인이 단두대에서 일하고 있다.

사형 집행인1   (단두대 위에 서서 노래한다.)
　　　　　　나 집으로 돌아갈 때,
　　　　　　달빛이 은은하게 빛나고……[206]

사형 집행인2   어이, 이봐, 곧 끝나?

사형 집행인1   금방, 금방!
　　　　　　(노래한다.)

---

205) 1793년 6월 24일 에로세셸이 제정한 새 헌법이 통과되었고, 같은 해 8월 10일 헌법 제정 기념 축제가 거행되었다.
206) 민요를 고친 노래.

우리 할아버지 창문에 비치고

이놈아, 계집하고 어디서 그리 오래 있었어?

자, 겉옷 이리 줘!

(노래하며 퇴장한다.)

나 집으로 돌아갈 때,

달빛이 은은하게 빛나고…….

뤼실　(등장하여 단두대 계단에 앉는다.) 그대 죽음의 천사여,

나, 그대 품에 안기겠어요.

(노래한다.)

거두어들이는 자, 그대 이름은 죽음이니,

전능하신 하느님이 그런 권능을 주셨네.[207]

너 사랑스러운 요람이여, 너는 나의 카미유를 얼러 잠

재우고, 네 장미꽃 아래에서 그의 숨결을 거두어 갔구

나. 조종(弔鐘)이여, 너는 달콤한 입술로, 그의 무덤에

서 노래 불렀지.

(노래한다.)

수많은, 수없이 많은 머리들이

단두대 칼날 아래로 떨어졌다네.

(순찰병이 등장한다.)

---

207)『소년의 마술피리』에 나오는 민요.

시민   거, 누구요?

뤼실   (잠시 생각에 잠겼다가, 결심한 듯 갑자기) 국왕 만세!

시민   공화국의 이름으로!

(순찰병이 뤼실을 에워싸고 연행한다.)

                                                        (막)

요절한 혁명 작가
게오르크 뷔히너의 삶과 문학

1 격동의 짧은 삶을 산 뷔히너

게오르크 뷔히너(Georg Büchner)는 1813년 10월 17일 당시 헤센 공국에 속했던 다름슈타트 근교 고데라우에서 태어났다. 뷔히너는 근대 희곡의 선구자이자 자연 과학자이며 혁명가였다. 그는 1830년 7월의 파리 봉기에 영향을 받아 시작된 혁명 운동에 뛰어들어 1834년 경제, 정치 혁명을 촉구하는 소책자를 발간했으며 급진 단체를 조직하기도 했다. 그러나 검거의 손길을 피해 취리히로 가서 1836년 취리히 대학교의 자연 과학 강사가 되었다가, 첫 학기를 채 끝내지도 못하고 1837년 2월 19일 24세의 젊은 나이에 티푸스로 목숨을 잃었다.

뷔히너의 아버지는 의사 에른스트 뷔히너(Ernst Büchner)였으며, 어머니는 루이제 카롤리네 뷔히너(Luise Caroline Büchner,

결혼 전 성은 로이스)였다. 아버지는 프랑스 혁명과 프랑스 문화에 관심이 많은 냉정하고 엄격한 현실론자였던 반면, 어머니는 독일 음악을 좋아했으며 부드럽고 다감했다. 뷔히너의 동생들은 첫째 여동생 마틸데를 제외하고는 당대의 유능한 학자, 정치가, 작가였다. 빌헬름 루트비히 뷔히너는 공장주이자 정치가였고, 루이제 뷔히너는 문필가이자 여성 인권 운동가였다. 또한 루트비히 뷔히너는 철학자이자 의사, 문필가로 『힘과 물질』(1855)이란 책을 썼으며, 알렉산더 뷔히너는 문학사 교수였다. 특히 루트비히 뷔히너는 우주를 유물론적으로 해석함으로써 신과 창조, 종교와 자유 의지를 모두 부정하고 인간의 정신과 의식도 물질의 운동에서 생겨난, 두뇌의 물리적 현상이라고 설명했기 때문에 의학 강사 자리에서 물러나는 등 큰 파문을 불러일으키기도 했다. 그는 결정론을 사회와 정치 문제에 적용하여, 범죄자가 저지른 범행의 원인에 눈을 돌리라고 촉구했다. 『자연과 정신』(1857)에서도 계속 무신론과 원자론을 옹호하여 정신과 물질의 구별을 거부함으로써 당시 자유사상가들의 마음을 강하게 사로잡기도 했다.

1816년 뷔히너 가족은 다름슈타트로 이주했고 뷔히너의 아버지는 의사로 일했다. 1821년 뷔히너는 어머니에게서 초등 교육 과정을 배웠다. 어머니는 아들에게 읽기, 쓰기, 셈하기와 성서뿐만 아니라, 나중에 그의 작품에서 중요한 역할을 한 수많은 민요들을 가르쳤다. 또한 뷔히너는 어머니를 통해 실러의 작품도 알게 되어, 후에 작품을 창작하는 동안 실러의 세계상과 비판적으로 대결했다. 반면 뷔히너는 군주주의자이자 나폴레옹 숭배자인 아버지를 평생 어려워했다. 아버지는 자신의 능력만으로 공의(公醫) 직위를 얻었으므로 자식들에게 매우 엄격했다.

뷔히너는 김나지움을 다닐 때 라틴어와 그리스어 성적이 무척 좋았으나 특별히 고대 언어에 관심이 있지는 않았다. 그는 수학에는 별로 재능이 없었지만 학교에서 무시하는 자연과학은 매우 높이 평가해서 노트에 이런 글을 적어 놓기도 했다. "살아 있는 것! 죽은 잡동사니가 무슨 소용이란 말인가?" 그는 역사에, 특히 프랑스 혁명사에 가장 관심이 많았다. 뷔히너는 김나지움에서 호메로스, 셰익스피어, 괴테, 장 파울, 민속 문학 및 고전시와 낭만시를 읽었고, 철학자 피히테에 마음이 끌려 자유주의적이고 민주주의적인 참여 의식을 공고히 다졌다.

뷔히너는 어렸을 때부터 글쓰기에 남다른 재주가 있었다. 1823년 3월 25일에 학교 축제일을 맞이하여 '과일을 먹을 때 주의하세요!(Vorsicht bei Genusse des Obstes!)'라는 라틴어 글을 처음으로 공식 석상에서 낭독했고, 1827년과 1828년 크리스마스에는 부모에게 시를 바쳤다. 1830년 9월 29일에는 자신이 다니던 김나지움의 공식 축제를 맞아 '우티카의 카토를 옹호하는 연설'을 쓰기도 했다. 뷔히너는, 카이사르가 통치하는 한 민중은 노예로 살아갈 것이기 때문에 자유를 사랑한 카토가 전투에 패한 후 자살했다고 보았다. 그는 프랑스의 '7월 혁명'을 맞아 민중의 자유를 옹호했고 이 글에서 처음 자신의 정치적 견해를 공식적으로 피력했다. 1831년 3월 30일 김나지움 졸업식에서는 '메네니우스 아그리파(Menenius Agrippa)의 이름으로 산 위에 모인 민중들에게 로마로 돌아갈 것을 라틴어로 권유하는' 글을 발표하기도 했다. 이 무렵 독일에서는 프랑스 부르봉 왕조를 마지막으로 몰락시킨 '7월 혁명'의 영향으로 절대 왕권에 반대하는 지식인들의 정치적 저항 운동이 거세게 시작되어, 1833년 4월에는 프랑크푸르트에서 민중 봉기가 일어나기도 했다.

다름슈타트에서 김나지움을 마친 뷔히너는 1831년부터 스트라스부르 대학교 의학부에서 의학과 자연 과학을 공부하기 시작했다. 그는 예글레 목사의 집에 세 들어 살다가 목사의 딸 빌헬미네 예글레(Wilhelmine Jaeglé)를 알게 되었고 1832년에 그녀와 비밀리에 약혼했다. 이 시기 정치적 자유에 대한 관심이 더욱 커진 뷔히너는 1832년 5월 24일 대학생 연맹 앞에서 독일의 정치 상황에 대해 연설하기도 했다. 나중에 그는 당시 프랑스에 속해 정치적 분위기가 다름슈타트보다 훨씬 개방적이었던 스트라스부르에 있을 때가 가장 행복했다고 말했다.

뷔히너는 스트라스부르에서 이 년간 공부를 마친 후 1833년 다시 독일로 돌아와 기센 대학교에서 의학 공부를 계속했다. 그때는 헤센 공국 바깥에서 이 년 이상 공부할 수 없었기 때문이었다. 그는 여기서 당국의 횡포와 국가의 전횡을 직접 체험했고 사건들을 더 이상 거리를 두고 냉정하게 관찰할 수 없었다. 이 시기부터 뷔히너는 건강 문제에 시달렸고 약혼녀와 헤어져 지내느라 우울해했다. 스트라스부르와 비교할 때 기센의 교수들도 눈에 차지 않았다. 사실 유스투스 리비히가 기센에서 화학을 가르치고 있었지만, 뷔히너의 관심은 철학과 의학에만 있었다. 기센 대학교 강사들 중 한 명은 나중에 「보이체크」에서 말할 수 없이 우둔하고 잔인한 박사의 모델이 되었다.

뷔히너에게는 대학생들도 불만족스러웠다. 사실 정치적 억압에 반대하는 움직임이 있기는 했지만 그가 보기에는 충분히 과격하지 않았다. 대학생들이 자기들끼리만 행동하려 한다고 비판한 뷔히너는 그들과 달리 다른 시민들과도 연대하려 했다. 이 때문에 1834년 그는 기센 대학교에서 공부하고 있던 다름슈타트 시절 학우들, 몇몇 대학생들 및 수공업자들과 함께 '인권협회'란 비밀 조직을 결성하여 헤센 공국의 반동적 정치 상황에 저항하기도 했다.

1834년 초 뷔히너는 헤센 공국의 지도적인 반체제 인사들 중 한 명인 프리드리히 루트비히 바이디히에게 소개되었다. 그러나 둘은 번번이 의견 차이를 보였다. 바이디히는 유복한 자유주의자, 상공인 들과의 연대를 주장한 반면, 뷔히너는 물질적 불평등과 농민들의 가난을 근본 문제로 보았기 때문에 유산 계급과의 동맹에 반대했다. 1834년 7월에 뷔히너는 독일 최초의 사회주의 성향 소책자 「헤센 급전(Der Hessiche Landbote)」을 작성하여 농민들에게 살포했다. 이 소책자는 "오두막에 평화를, 저택에 전쟁을!", "우리 시대에 도움을 줄 수 있는 것이 있다면 폭력이 바로 그것이다."라는 구호로 헤센의 농민들에게 억압에 저항하고 농민 봉기에 동참할 것을 호소했다. 바이디히는 자유주의적인 동맹자들의 견해와 분명히 상충하는 부분을 삭제했고 뷔히너는 바이디히가 소책자의 근본 성향을 앗아 갔다고 생각했다. 소책자의 논조가 상당히 약화되었음에도, 상공업에 종사하는 많은 자유주의적 반체제 인사들은 소책자를 강하게 비판했다. 그러나 농민들은 어느 정도 호응하여 소책자는 한 번 더 인쇄되었다. 뷔히너는 농민들이 영주들에게 과도한 세금을 내고 있음을 통계 조사를 활용하여 눈앞에 보여 주었던 것이다. 8월에 모반자 중 한 명인 카를 미니거로데가 전단 150부를 가지고 있다가 체포되었다. 8월 4일 대학 학생처장 콘라트 게오르기가 뷔히너의 빈방을 수색하게 했고, 뷔히너는 다음 날 그의 심문을 받았지만 체포되지는 않았다.

이렇게 소책자 살포 작업이 중단되고 경찰에게 쫓기는 몸이 되자, 뷔히너는 기센을 떠나 다름슈타트에 있는 부모 집에서 은둔 생활을 하면서 체포된 동료의 구출 작업에 힘을 쏟았다. 1835년 1월 말에 그는 최초의 희곡 「당통의 죽음(Dantons Tod)」 집필을 시작하여 약 한 달 후인 2월 말에 끝마쳤다. 그리고 원고를 청년 독일파 작가이자 편집인 카를 구츠코에게 보내며 빠른 시일 내에 출판해 달라고 부탁했다. 자신의 전략적인 실수로 좌절하고 마는 역사 속 당통과는 달리, 작품 속 당통은 애당초부터 자신이 하는 일이 무의미하다는 것을 깨닫는다. 이 점에서 뷔히너는 자신의 결정론적인 기본 견해를 드러냈다.

1835년 3월에 예심 판사의 소환장에 응하지 않자 그는 지명 수배 되었다. 3월 9일 뷔히너는 더 이상 독일 땅에 있지 못하고 바이센부르크를 거쳐 스트라스부르로 피신했다. 아직 「당통의 죽음」의 원고료를 받지 못한 상태였기 때문에 그는 할 수 없이 어머니에게 도움을 청했다. 뷔히너가 도주한 후 그의 아버지는 일체 접촉을 끊었으나 어머니가 뷔히너에게 계속 돈을 보내는 것은 허용했다. 그 후 1834년 6월 13일에 지명 수배장이 나붙으면서 뷔히너는 더 이상 고국 땅을 밟을 수 없는 운명을 맞았지만, 같은 해 7월 말 구츠코의 도움으로 「당통의 죽음」이 프랑크푸르트에서 출판되었다. 뷔히너는 그해 5월에 작가 렌츠의 정신적 고뇌를 다룬 중편 소설 『렌츠(Lenz)』의 구상에 들어갔으며, 10월에는 빅토르 위고의 「루크레치아 보르자(Lucrèce Borgia)」와 「메리 튜더(Marie Tudor)」를 번역했다. 가을에 『렌츠』를 탈고했고 가을과 겨울 사이에는 데카르트와 스피노자 연구에 몰두했다. 한편 돌잉어의 신경 조직에 관한 연구를 시작하여, 그다음 해 연구 논문을 취리히 대학교 철학부에 박사 학위 청구 논문으로 제출했다.

1836년 들어 뷔히너는 세 차례에 걸쳐(4월 13일, 4월 20일, 5월 4일) 스트라스부르 자연사협회에서 물고기 신경 조직에 관한 연구 결과를 발표했다. 연초에는 희극 「레옹스와 레나(Leonce und Lena)」를 완성해 코타 출판사의 현상 공모에 응모하려 했으나, 발송 마감을 놓치는 바람에 원고가 되돌아오고 말았다. 다른 작품들과 성격이 판이한 이 희극은 유물론적 사실주의를 대변하는 게 아니라 오히려 낭만주의적 성격을 띠었다.

같은 해 9월에 뷔히너는 이미 제출한 학위 논문과 '두개골 신경에 관하여'라는 주제로 한 시범 강의를 토대로 취리히 대학교에서 박사 학위를 받았다. 1836년 10월 18일에는 거처를 취리히로 옮겼고, 11월 초 '해부학 실습'이라는 과목의 강사 자리를 얻었다. 그는 자신이 만든 표본을 가지고 어류와 양서류 해부학 강의를 맡았지만 수강생은 얼마 되지 않았다. 뷔히너는 스트라스부르에서 이미 쓰기 시작한 「보이체크(Woyzeck)」를 겨울에 계속 썼다. 하지만 이후 그가 병에 걸려 죽으면서 이 작품은 미완성으로 남고 말았다.

뷔히너는 다음 학기에 강좌를 하나 더 맡을 생각이었지만 물론 실현되지 않았다. 그는 1월 말에 중병에 걸려 강의를 중단했고, 2월부터는 티푸스 증세로 병석에 누웠다. 아마 해부학 표본을 만들면서 병에 감염되었던 것으로 추정된다. 그 후 일주일이 지나면서부터 그는 혼수상태에 빠졌고, 이웃에 살던 독일인 카롤리네와 빌헬름 슐츠가 그를 간호했다. 이들과 약혼녀 예글레가 지켜보는 가운데 마침내 2월 19일 뷔히너는 더 이상 깨어나지 못하고 영면하고 말았다. 눈을 감은 지 이틀 만에 그는 취리히 시장과 대학 동료들의 작별 인사를 받으며 취리히 첼트베르크의 크라우트가르텐 공동묘지에 묻혔다. 1875년 공동묘지를 정리하면서 그의 유해는 취리히베르크의 게르마니아휘겔에 이장되었다.

뷔히너가 남긴 희곡 세 편의 문체는 셰익스피어와 독일 낭만주의의 질풍노도 운동으로부터 받은 영향을 분명하게 나타낸다. 내용과 형식은 시대를 훨씬 앞서며, 짧은 장면들과 갑작스러운 장면 전환은 극단적인 자연주의와 상상력을 결합한 것이었다. 첫 번째 희곡 「당통의 죽음」은 짙은 염세주의로 가득 찬 작품으로서 프랑스 혁명을 다룬다. 주인공인 혁명가 당통은 자기가 선동하여 일으킨 1792년의 9월 학살 때문에 심한 정신적 고통에 시달리는 인물로 그려진다. 낭만주의 사상의 불분명한 성격을 풍자한 「레옹스와 레나」는 알프레드 드 뮈세와 클레멘스 브렌타노의 영향을 받은 작품이다. 미완성에 그친 마지막 작품 「보이체크」는 가난하고 억압받는 자들에 대한 동정심을 나타냄으로써 1890년대에 등장할 사회극의 시작을 알렸다.

1902년에야 무대에 올려진 「당통의 죽음」과 단편(斷片)으로 그친 소설 『렌츠』를 제외하면, 뷔히너의 작품들은 그가 죽은 뒤에야 출판되었다. 「보이체크」는 1879년에 와서야 상연되었는데, 후에 알반 베르크(Alban Berg)의 오페라 「보체크(Wozzeck)」(1925)의 대본으로도 쓰였다. 「보체크」는 사회 문제를 최초로 다룬 오페라로, 베르크는 이 작품에서 단순히 주인공의 비극적 운명을 묘사하는 것 이상을 겨냥하여, 주인공을 인간 실존의 상징으로 그리고자 했다.

지금으로부터 백팔십 년 전에 이미 뷔히너는 '열린 형식의 연극'을 위한 희곡을 썼다. 오늘날엔 열린 형식, 곧 결말을 맺지 않는 형식의 연극을 개방 형식의 연극이라 부르고, 고전주의나 자연주의 양식을 따라 3막, 5막 등 완결된 형식의 연극은 폐쇄 형식의 연극이라 하는데, 19세기에 벌써 열린 형식의 희곡을 남긴 뷔히너는 탁월한 작가임이 확실하다. 전통적 폐쇄 형식에서는 한 사건이 인과율에 따른 기승전결 구조로 일어나고 끝나지만, 개방 형식은 직접적 인과 관계가 없는 여러 개별 장면을 보여 줌으로써 한 인간을 입체적으로 조망한다.

뷔히너의 희곡은 세 편뿐이지만 이 작품들은 독일의 후대 작가들에게 큰 영향을 주어, 뷔히너는 독일 현대 연극의 아버지로 불리기도 한다. 자연주의 작가이자 노벨상 수상자인 게르하르트 하우프트만, 예술가와 지식인의 환멸을 표현한 독일 표현주의 작가들, 서사극 작가 브레히트 등이 뷔히너의 영향을 받았다. 그는 독일 극 문학사에서 뛰어난 작가 중 한 사람으로 평가받는다.

뷔히너가 죽은 지 십삼 년 후인 1850년에 그의 동생 루트비히가 유고집을 발간했는데, 「보이체크」의 원고는 아주 희미해지고 읽을 수 없어 수록되지 않았다. 오스트리아 문필가 카를 에밀 프란초스가 1879년 뷔히너 전집을 발간했을 때, 「보이체크」는 상당히 손질된 형태로 세상에 나왔다. 이때 뷔히너의 약혼녀 예글레와 뷔히너의 형제들 간에 다툼이 있었다. 뷔히너의 약혼녀는 작품의 무신론적 경향 때문에 「피에트로 아레티노(Pietro Aretino)」를 폐기했을지도 모른다. 그녀 말에 따르면 그녀만이 뷔히너와 교환한 개인 서류를 갖고 있었기 때문이다. 이후 1922년 프리츠 베르게만 판이, 1967년에는 베르너 R. 레만 비평본이 나왔다. 이 책의 번역에는 1980년에 나온 게르하르트 P. 크나프 판을 사용했다.

2 「보이체크」와 「당통의 죽음」

1) 「보이체크」

1836년 6월에서 9월 사이에 쓰기 시작한 것으로 추정되는 「보이체크」는 뷔히너가 1837년 초 요절하는 바람에 초고 단계의 미완성 작품으로 남았다. 1913년 11월 8일 뮌헨의 레지덴츠 극장에서 초연된 이 작품은 독일 문학에서 가장 많이 공연되고 가장 영향력이 큰 희곡 중 하나다. 「보이체크」는 수많은 언어로 번역되었고, 새로 해석되어 많은 예술가들의 작품에 커다란 영감을 주었다.

작품 속 보이체크의 실제 모델은 1780년 가발장이의 아들로 태어난 요한 크리스티안 보이체크다. 그는 질투심 때문에 1821년 6월 2일 크리스티아네 우스트라는 과부를 칼로 찔러 살해했다. 재판 과정에서 그는 의대 교수 아우구스트 클라루스에게 두 차례 정신 감정을 받았다. 그리고 오랜 재판을 거친 후 1824년 8월 27일 라이프치히 시청 앞 광장에서 공개 처형되었다.

보이체크는 자기보다 다섯 살 많은 과부 우스트와 오랫동안 교제하면서 결혼까지 하려고 했지만, 그녀는 그를 가난하다고 비웃으며 군인들에게 추파를 던지곤 했다. 이에 분노와 질투를 느낀 보이체크가 그 여자를 살해한 것으로 추정되었다. 여덟 살 때 어머니를 잃은 보이체크는 어린 시절 가발 만드는 일을 잠시 배우기도 했으나, 아버지마저 죽자 여러 도시를 떠돌아다니며 어렵게 살아갔다. 스물여섯 살이 되던 1806년에 그는 네덜란드의 용병에 지원하여 이후 십이 년 동안 북독일, 스웨덴, 핀란드, 러시아 등을 군인으로 전전한 끝에 라이프치히로 되돌아왔다. 제대 후 다시 일정한 직업도 거처도 없이 어렵게 살아가다가 라이프치히 민병대에 입대하려고 했으나 뜻을 이루지 못했다. 이 무렵 그는 정신 이상 증세까지 보이기도 했다.

그 후 보이체크에 대한 사형 집행은 학계에 물의를 일으켰고 그 당위성에 관한 논쟁이 분분했다. 보이체크가 정신 이상자라는 주변의 이야기가 있어 클라루스 교수가 정신 감정을 실시했는데, 그의 감정서가 실린 전문 잡지를 뷔히너의 아버지가 구독했고 뷔히너가 이를 읽었을 것으로 추정된다. 뷔히너는 그 외에도 이 잡지에 게재된 다른 여러 살인 사건 기사를 읽은 것으로 보인다. 뷔히너의 「보이체크」는 이러한 살인 사건을 소재로 한 작품이다. 대강의 줄거리는 다음과 같다.

대위의 이발사 보이체크는 의사의 실험 대상이 되는 대가로 하루에 2그로셴을 받는다. 그는 완두콩만 삼 개월 이상 먹고, 소변 성분을 의사에게 일일이 점검받는다. 의사는 이런 실험을 통해 보이체크를 인간에서 당나귀로 변화시킬 계획을 세우고, 자신의 실험이 성공할 수 있다고 생각한다. 보이체크는 들판에서 안드레스와 함께 나뭇가지를 자르는 중 덤불숲에서 프리메이슨 단원이 움직인다고 착각한다. 이때부터 그는 서서히 헛것을 보고, 나팔 소리를 듣는 등 환청에 시달린다.

마리는 아이를 안고 달래는 중 지나가는 군인 대열에서 군악대장의 사내다운 모습에 반하고 그와 얘기를 주고받으면서 눈이 맞는다. 이어서 남편 보이체크가 집에 돌아와 넋이 빠진 채 마리에게 헛소리를 지껄인다. 마리도 앞날의 불운을 예감하는 듯 어두움과 전율에 휩싸인다. 다음 장면에서 노인은 돈을 벌기 위해 노래를 하고, 아이는 춤을 춘다. 호객꾼은 재담하면서 공연을 알린다. 그는 문명의 발달이라는 허황된 표현을 쓰며 말, 원숭이, 카나리아가 진보하고 원숭이가 군인으로 바뀌었다고 떠벌린다. 하사관과 얘기를 나누던 중 마리를 본 군악대장은 그녀를 탐낸다.

귀고리가 어디서 났느냐는 보이체크의 채근에 마리는 잃어버렸던 것을 찾았다고 거짓말하고, 보이체크는 얼마 안 되는 급료를 몽땅 마리에게 준다. 보이체크는 대위를 면도해 준다. 대위는 돈이 없어 교회에서 아이를 세례받게 하지 못한 보이체크를 비난하면서 그에게 도덕이 없다고 주장한다. 보이체크는 돈이 있어야만 예절도 차릴 수 있고 도덕을 지닐 수 있지만, 돈이 없을 경우 본능이 우선이라고 주장한다. 대위는 보이체크의 말에 아랑곳하지 않고, 도덕을 지닌 인간인 자신은 사랑의 감정까지도 도덕으로 억제할 수 있다고 자랑한다. 군악대장이 마리를 차지하려고 하며, 보이체크는 아내가 다른 남자와 정을 통했음을 알고 그녀를 추궁한다. 하지만 마리는 자신의 죄를 뉘우치지 않고 오히려 뻔뻔하게 남편에게 대든다.

의사 집에서 의사는 자신의 실험 대상인 보이체크가 길거리에서 소변을 봤다고 비난하고, 보이체크는 생리 현상을 억제할 수 없으므로 장소를 가리지 않고 볼일을 봐야 한다고 항변한다. 의사는 본능이란 인간이 조절할 수 있는 것이라면서 소변을 조절하고 매일 완두콩을 먹으라고 다그친다. 보이체크는 자기에게 나타나는 환영들에 대해 의사에게 얘기하지만 의사는 부분적 착란 증세라며 그의 말을 일축한다. 대위는 보이체크에게 그의 아내가 군악대장과 부정을 저질렀음을 얘기해 준다. 보이체크는 농담하지 말라고 말한다. 이때 의사는 충격적인 말을 들은 보이체크의 맥박을 재 보고, 매 순간 보이체크의 얼굴 근육과 몸의 긴장을 관찰하는 등 그를 완전히 실험 대상으로 취급한다.

부정을 저지른 마리 때문에 보이체크는 마음을 가라앉히지 못하고 거의 미칠 지경이 된다. 그는 마리와 군악대장이 춤을 추면서 음탕한 짓거리를 하는 것을 본다. 충격을 받은 보이체크의 귀에 아내를 찔러 죽이라는 소리가 계속해서 들린다. 눈만 감으면 온 세상이 혼돈 속에서 빙글빙글 돌아가고, 벽에서도 소리가 들리며, 찔러 죽이라는 소리와 함께 눈앞에는 심지어 비수가 보이기도 한다. 술집에서 자신이 사나이라 자랑하는 군악대장이 보이체크에게 증류주를 마시라고 권한다. 휘파람만 불던 보이체크는 군악대장과 엉겨 붙어 싸우고 피를 흘린다. 몸싸움에서 진 보이체크가 유대인의 가게에서 칼을 산다. 부정을 범한 마리가 성경을 읽다가 아이를 바보 카를에게 건넨다. 마리는 죽음을 예견하고, 보이체크는 신변을 정리한다.

보이체크가 의사 집 마당에 고양이를 안고 나타나고, 의사는 삼 개월 전부터 완두콩만 먹인 실험 대상 보이체크를 관찰해 보라고 학생들에게 얘기한다. 의사는 눈이 안 보인다는 보이체크에게 귀 근육을 움직여 보라고 말하며, 이제 보이체크가 인간에서 당나귀로 변화하는 중간 단계에 진입했다고 선언한다. 어린 소녀들과 어울려 노래하고 할머니에게서 옛날 이야기를 듣는 마리를 보이체크는 시내에서 떨어진 연못가 숲으로 데리고 가서 칼로 찔러 죽인다.

사람들이 몰려오자 보이체크는 도망가 술집에서 노래를 부르다가 케테에게 춤을 추라고 한다. 케테가 보이체크의 손과 팔꿈치에서 마리를 죽일 때 묻은 피를 발견한다. 보이체크는 마리를 찌른 칼을 찾으려다가 마리의 시체를 발견하고, 이내 칼을 찾아내 도망친다. 연못가에서 보이체크는 칼을 물속 깊이 던지고 몸에 묻은 핏자국을 지운다. 아이들은 시체가 발견되었다고 얘기하며 연못 쪽으로 간다. 법원 직원이 아름다운 살인이라며 마리 살해 사건을 미화한다. 보이체크의 아기를 안고 있는 바보 카를과 대화 중, 보이체크는 완전히 정신을 잃고 미쳐 버린다.

「보이체크」는 인과적인 기승전결 구조에 따라 사건이 발생하고 종결되는 전통적 희곡의 서술 방식을 따르지 않는다. 이미 복잡한 산업 사회로 변한 19세기 유럽은 한 개인에 의해 사회 전체의 질서가 파괴되고 회복되는 단순한 사회가 아니었다. 이 작품은 어떤 이념적인 핵심을 논증하기 위해 제반 모순을 해결하는 '폐쇄 희곡' 형식을 취하지 않고, 막이나 장의 구분이 없는 '개방 희곡' 형식을 택함으로써, 모순을 공개적으로 드러내고 엄격한 줄거리 진행을 거부하는 극작법을 보여 준다.

개방 희곡 형식으로 된 이 작품에서 주인공 보이체크가 광란 상태에서 저지르는 살인은, 사회에 의해 경제적, 정신적으로 착취당하는 한 인간이 어쩔 수 없이 부딪히는 상황을 잘 표현한다. 만약 경제 형편이 좋았다면 보이체크는 아이를 세례 받게 할 수 있었을 것이다. 군인으로, 대위의 이발사로 일하며 벌어들이는 얼마 안 되는 봉급으로는 가족을 먹여 살릴 수 없다. 그래서 그는 노예처럼 의사의 생체 실험 대상이 되고, 막막한 상황에서 살인을 저지르게 된다.

보이체크가 사랑하는 아내를 죽이는 행동은 그가 처한 사회적 상황과 거기서 비롯된 모든 산물에 근거한다. 특히 가난하고 배운 것 없는 보이체크란 인물에서 뷔히너는 민중의 모습, 즉 자연인을 보여 준다. 그리고 대위와 의사를 통해, 교육받지 못하고 헐벗은 민중을 착취하면서도 겉으로는 도덕과 이상주의적 자유 의지를 내세우는 전형적 시민 계급의 예를 제시한다. 「보이체크」는 대위에 의해 정신적으로 착취당하고, 의사에 의해 실험 대상으로 이용당한 인간이 결국 자신의 정체성마저 상실하고 만다는 것을 여실히 보여 준다.

이처럼 뷔히너는 주인공 보이체크의 비극을 개인적 차원의 문제로만 보지 않고, 인간이 처한 상황이 인간 존재를 좌지우지한다는 것을 표현한다. 이상한 목소리나 바이올린 소리가 들린다고 하는 것을 보면 보이체크는 정신적으로 건강한 사람이 아니다. 당시 가난과 억압에 시달리던 대다수 하층민이 이러한 비정상적이고 극한적인 상황에 처해 있었을지도 모른다. 아름답고 육감적인 아내 마리는 가난한 남편을 무시하고 상류 사회를 부러워하며 자유분방하게 생활한다. 보이체크는 아내의 불륜에 크게 좌절하고 질투와 분노를 느꼈을 것이다.

군대에서 그는 상관인 대위로부터 늘 조롱받으며, 돈 몇 푼을 더 벌기 위해 의사의 실험 도구가 되어 완두콩만 먹으며 인간 이하의 대접을 받는다. 대위와 의사는 보이체크를 정신적, 육체적으로 철저히 이용하며, 그에게 공공연히 굴욕을 준다. 마리는 군악대장과 관계를 갖는 데 그치지 않고, 술집에서 다른 남자와 춤을 추다가 보이체크에게 들통 난다. 이처럼 보이체크는 친구 안드레스와의 관계를 제외하면 가정에서도 사회에서도 철저히 소외된 인물이다.

뷔히너는 「보이체크」에서 사회의 하층 계급을 소재로 다루고 이들을 대변하며, 보이체크가 겪는 비극의 원인을 개인적 실수나 성격 결함이 아니라, 사회의 구조적 모순에 둠으로써 리얼리즘 연극의 모범이 되는 작품을 썼다. 주요 등장인물들인 대위, 군악대장, 의사 등은 이름 없이 신분으로만 나타나면서 당시 사회 계층의 전형을 보여 주는 인물로 기능한다. 이들이 쓰는 언어는 간결한 일상어면서도 상징적이며, 행동도 양식화되어 있다. 이 모든 것은 당시의 일반적인 연극 조류에 비추어 대단히 파격적이고 전위적이라 할 수 있다.

2) 「당통의 죽음」

「당통의 죽음」을 이해하려면 프랑스 대혁명(1789년 7월 14일~1794년 7월 28)에 대한 지식이 필요하다. 시민 혁명인 프랑스 대혁명은 프랑스가 근대 사회로 변모해 가던 상황에서 이미 낡은 제도, 즉 봉건적 신분 제도로 대변되는 앙시앵 레짐(Ancien Régime)의 모순으로 일어났다. 프랑스 대혁명 당시 프랑스 인구 2700만 명 중 제1신분인 성직자는 10만 명이었고, 제2신분인 귀족은 40만 명 정도였는데, 이들이 각기 전국토의 10분의 1과 5분의 1을 소유했다.

이 소수 특권층을 제외한 전 인구의 96퍼센트는 제3신분에 속했고, 이들 중 농노 신분에서 해방된 농민은 총인구의 4분의 3을 차지했다. 프랑스 농민들은 토지를 소유했으나 토지 규모가 작아 지주에게 소작을 얻어야 했고, 세금이 많아 수입의 절반을 착취당했으며, 노동력도 수시로 징발당했다. 제3신분 중 가장 중요한 계층으로 떠오른 시민 계급은 평민이라는 신분적 제약으로 특권 귀족의 아래에 있었고, 정치권력으로부터 배제되었으며, 경제 활동에서도 봉건적 잔재 때문에 제약을 받았다. 소상인과 수공업자를 포함하는 소시민층은 자본주의의 발달 때문에 일용직 노동자로 전락할 위험에 처했고, 파리 노동 인구의 50퍼센트가 실업 상태였다. 이러한 상황에 불만을 품은 제3신분은 옛 제도의 모순을 타파하고 자신들에게 적합한 새로운 사회를 건설하려고 했다.

혁명의 직접적 발단이 된 것은 왕실 재정 고갈 때문이었다. 루이 14세 이후 악화된 재정은 루이 15세 때부터 더욱 빈약해졌다. 루이 16세는 1774년 중농주의 정책을 펼치려 했으나 실패했고, 설상가상 미국 독립 전쟁에 참여해 약 20억 루블을 전쟁 비용으로 쓰면서 대혁명 당시 45억 루블 정도 빚을 졌다.

프랑스 대혁명 때 프랑스인들은 계몽사상의 영향을 받아 비판과 분석의 정신을 발전시켰으며, 관습과 전통을 맹목적으로 답습하지 않고 비판적인 눈으로 보았다. 인류의 진보를 위해서는 계몽을 통해 무지와 미신을 타파하고 이성에 어긋나는 옛 풍습과 낡고 모순된 제도를 과감히 시정, 개혁해야 한다는 주장이 시민 계급을 중심으로 퍼져 나갔다. 이들은 자신들의 교육, 야망, 재능에 어울리는 사회적 대우를 요구하며, 봉건적 제도와 전제 정치를 타파하려고 했다. 이렇듯 옛 제도의 모순, 국가 재정 위기, 계몽사상의 영향과 미국 독립 혁명의 성공으로 프랑스 시민은 혁명을 꿈꾸게 되었다.

1789년 5월 베르사유에 소집된 삼부회에서는 제3신분 대표들이 신분별 회의를 반대하고 국민의회를 선포했다. 귀족들은 거부했으나 하위 성직자들이 이에 호응했다. 평민 대표는 회의 장소가 폐쇄되자 실내 테니스장에 모여 새 헌법이 제정될 때까지 해산하지 않을 것을 서약했다. 국왕이 귀족과 성직자 대표에게 국민의회에 참여할 것을 지시함으로써 삼부회는 사라졌다. 국왕은 베르사유에 군대를 집결시켰고 파리 시민들은 무력 탄압으로부터 국민의회를 지켜야 한다는 생각에서 7월 14일 바스티유 감옥을 습격하여 점령했다.

국민의회는 봉건제 폐지를 선언하고, 앙시앵 레짐의 모순과 부조리의 타파를 갈구하면서 1789년 8월 26일 '인간과 시민의 권리 선언'을 채택했다. 같은 해 10월 초 서민 여인들이 빵을 요구하면서 베르사유로 행진했고, 압력에 못 이겨 루이 16세는 국민의회와 더불어 파리로 거처를 옮겼다. 국민의회는 교회 재산을 몰수하여 매각하고 길드도 폐지하여 자유주의 경제 정책을 추진했으며, 수도원을 해체하고 성직자 선출제를 도입해 국가가 봉급을 지불하도록 했다.

1791년 6월 루이 16세와 왕비 마리 앙투아네트가 국외로 탈출하려다 실패하는 사건이 발생했다. 1791년 9월 14일 국민의회는 국왕의 권한을 제한하는 입헌 군주제가 규정된 새 헌법을 제정했다. 오스트리아와 프로이센의 간섭으로 혁명 전쟁이 시작되자 같은 해 8월 파리 민중이 왕궁을 습격하여 불을 질렀고, 입법의회는 왕권을 정지시킨 후 보통 선거에 의거한 국민공회 소집을 결의했다.

국민공회는 공화정을 선포하고 1792년 1월 루이 16세를 처형했다. 전쟁에 대한 위기감이 고조되고 지방의 반란이 빈번한 가운데 1793년 5월 31일 자코뱅파는 지롱드파를 체포하여 10월 30일 처형했다. 자코뱅파는 모든 시민에게 선거권을 부여하는 민주적인 헌법을 제정했으나, 국내외 사정으로 실시는 보류됐다. 혁명 정부의 실질적 행정부인 공안위원회는 혁명재판소를 설치하여 반대파를 단두대에서 처형하고 공포 정치를 실시했다. 혁명 정부는 최고 가격제 실시, 봉건적 공납 폐지, 혁명력 제정 등 개혁 정치를 펼쳤다.

1794년 3월 24일 초과격파인 에베르파가, 4월 5일에는 온건파인 당통파가 처형됐다. 하지만 강압적인 공포 정치에 지친 민중들의 불만이 고조됐고, 공포 정치를 이끈 로베스피에르는 국민공회 내부 반대파에 의해 1794년 7월 단두대에서 처형당했다. 로베스피에르 타도 이후 혁명재판소는 해산되고 공안위원회의 권한도 대폭 축소되었으며, 최고 가격제 실시를 통한 통제 경제 정책도 무산됐다. 1795년 새로운 헌법이 제정되어 유산 계급이 주축이 된 총재 다섯 명이 주도하는 총재 정부를 규정했다. 대외 전쟁으로 인한 경제난과 정치적 불안정 가운데, 나폴레옹의 쿠데타로 총재 정부가 쓰러지고 나폴레옹의 독재 정치가 시작됐다.

뷔히너의 「당통의 죽음」은 에베르파가 처형된 후 당통마저 사형당할 때까지의 긴박한 상황을 배경으로 한다. 1막에서 당통, 카미유 데물랭 등은 로베스피에르가 내세운 공화정 이념에 휘둘리지 않으려 한다. 혁명 이후에도 여전히 가난한 생활이 계속되자 민중 사이에서는 불만이 팽배해진다. 한 시민은 자신의 딸이 몸을 팔아 식구들을 먹여 살려야 한다고 탄식한다. 로베스피에르는 당통파가 혁명의 성과를 위협한다며 국민공회에서 당통파 숙청 계획을 말한다. 당통은 노름과 창녀들에 빠져 앞날에 대한 어떠한 희망도 품지 못한 채 자신을 역겨워한다. 당통은 로베스피에르와 회동하자는 동료들의 말에 동의하지만, 회동은 아무런 성과 없이 끝난다. 로베스피에르는 당통을 처형하기로 결정하지만 가책을 받고 괴로워한다.

2막에서 당통파는 당통이 로베스피에르에 맞서 어떤 행동을 취하든지, 아니면 최소한 도망이라도 가라고 권한다. 하지만 당통은 그런 일이 아무 의미도 없으며, 국민공회가 감히 자신을 어떻게 하지 못할 것이라고 생각한다. 당통은 자신의 명령으로 자행된 '9월 학살' 때문에 아내 쥘리에게 양심의 괴로움을 하소연한다. 당통이 체포되고 국민공회에서는 당통파의 처리 문제를 둘러싸고 의견이 여러 갈래로 나뉜다. 하지만 로베스피에르와 생쥐스트는 민중을 선동하는 발언을 하면서 당통파를 처단할 것임을 분명히 밝힌다.

3막에서 뤽상부르 감옥에 갇힌 죄수들은 신의 존재와 인생에 대해 철학적인 담론을 벌인다. 그리고 당통과 그의 동료들이 이 감옥으로 끌려 들어온다. 당통은 혁명재판소 법정 앞에 제 발로 걸어 나간다. 청중들이 당통에게 동조하는 기미를 보이자 당통을 비롯한 다른 죄수들이 퇴정당한다. 공안위원회는 재판을 계속 진행할 것인지를 검토한다. 당통이 혁명재판소에 두 번째로 등장했을 때, 민중들의 분위기는 로베스피에르에게 호의적으로 변하는 반면, 당통을 호의호식하며 쾌락을 탐하는 인물로 몰아가면서 결국 처단하려는 쪽으로 기운다.

4막에서 당통과 그의 일파는 사형 선고를 받는다. 당통과 카미유는 인생과 죽음에 대한 생각들을 서로 주고받는다. 죽은 후에라도 당통과 함께하고 싶은 그의 아내 쥘리는 집에서 독약을 마시고 죽는다. 당통과 그 일당을 처형하라는 판결이 내려지고, 민중은 그를 조롱한다. 뤼실은 남편 카미유와 떨어지는 것을 견디지 못하다가 마침내 미쳐 버린다. 마지막 장면에서 그녀는 "국왕 만세!"라고 소리치다가 연행된다.

네 막과 서른한 개 장으로 이루어진 「당통의 죽음」은 1902년 베를린 자유 민중무대(Freie Volksbühne)에서 초연되었다. 작품의 배경이 되는 시기는 프랑스 혁명이 파국을 향해 치달으며 마지막 정점을 이뤘던 때기도 하다. 당통은 군주제를 무너뜨리고 프랑스 제1공화국(1792년 9월 21일)을 세우는 데 주도적인 역할을 했다. 그는 결국 공안위원회의 초대 위원장이 되었으나 점차 온건해지며 공포 정치에 반대했고 결국 단두대에서 죽음을 맞았다. 당통이 처형당하고 세 달 후 그의 처형을 주도한 로베스피에르마저 사형당하고 말았다.

「당통의 죽음」은 혁명 기간 중 에베르파를 숙청할 때까지의 혁명 지도자 당통이 아니라, 로베스피에르에 의해 단두대에서 처형당하는 당통의 죽음을 주제로 삼는다. 자신이 그토록 열렬히 추진해 온 혁명에 의해 희생당하는 당통이 이 희곡의 중심인물이며, 또한 당통의 처형을 계획하고 추진해 가는 로베스피에르와 생쥐스트도 중점적으로 묘사된다. 이 작품에서는 혁명을 추진한 당통의 강력한 면모가 보이지 않고, 오히려 좌절한 당통의 모습만 부각된다. 당통은 혁명의 무의미함을 누차 강조하며, 남을 단두대로 보내기보다는 차라리 자신이 처형되겠다고 말한다. 당통이 계획하고 추진해 온 혁명의 결과에도, 민중의 삶은 혁명 전이나 후나 그다지 차이가 없다. 민중은 여전히 가난 때문에 몸을 팔아야 하는 상황에서 벗어나지 못한다.

작품에서 당통이 부인들과 카드놀이를 즐기고 창녀와 놀아나는 쾌락주의자로 등장하는 반면, 로베스피에르는 처음부터 철두철미한 혁명가의 모습을 보인다. 당통을 제거하는 역할을 맡은 로베스피에르는 혁명 이후 민중의 고단한 삶에 대한 당통의 견해엔 동의하면서도 혁명을 수행할 것을 분명히 한다. 로베스피에르는 공화정과 혁명을 이념으로 삼고 조금도 회의하지 않는다. 에베르파는 혁명을 극단화해 혼돈으로 몰아가다 숙청되었다. 로베스피에르가 볼 때 당통파는 공화정을 나약하게 만드는 자들이다. 로베스피에르는 혁명과 공화정의 이념을 토대로 당통파를 볼 뿐이다. 그는 자기가 꿈꾸는 공화정은 덕에 의해 지배되고, 이 덕은 공포에 의해 지배되어야 한다고 주장한다. 그가 내세우는 공화정 이념은 모든 개인의 사생활까지 확대 적용되며, 개인의 악덕 역시 정치적 범죄로 규정된다.

당통은 혁명의 결과가 그 주체 세력인 당통파나 로베스피에르파의 뜻대로 되지 않는다는 것을 일찌감치 간파한다. 이런 통찰력을 지녔음에도 그는 그 사실을 다른 사람에게 이해시키지 못한다. 또한 로베스피에르와의 의사소통도 잘 이루어지지 않고, 오히려 서로 간에 갈등만 쌓일 뿐이다. 혁명의 방향을 상실한 당통은 정체 상태에서 비틀거리지 않기 위해 욕망에 매달리려 한다. 어둡고 불확실한 권태 속에서 그는 자신에게 방향을 제시해 줄 신을 찾지 않는다. 무(無) 속에서 평온을 유지하려 하고, 나중에는 죽음에 기대를 걸어 보기도 한다. 당통은 로베스피에르가 주장하는 덕이 위선이라고 공박하면서, 로베스피에르의 도덕적 태도는 순전히 다른 사람을 자신보다 못한 존재로 보고 싶어 하는 한심한 만족감에서 비롯한다고 주장한다.

반면 로베스피에르가 주장하는 혁명 이념은 덕의 지배에 근거한다. 그는 덕을 자신을 포함한 모두에게 적용하기에 악한 자를 자유의 적으로 규정하며 단호히 처단하려고 한다. 로베스피에르에 의해 계획되고 실행되는 당통의 죽음은 사실상 혁명가 한 개인의 죽음을 묘사하는 것이 아니라, 전체 혁명의 좌절을 표현한다. 당통은 민중이 혁명을 만들어 낸 것이 아니라, 혁명이 민중을 만든 것이라고 생각한다. 또한 역사라는 철사 줄에 묶인 채 알지 못하는 힘에 의해 조종되는 꼭두각시인 민중의 실태를 파악한다. 그 때문에 당통은 괴로워하면서 정신적으로 거의 파탄 지경에 이른다. 스스로 자신을 통제할 수 없게 된 당통은 권태와 피곤에 빠져든다. 이런 상태에서 그가 하는 일이란 쾌락을 추구하는 것뿐이다. 로베스피에르 측은 당통이 추구하는 쾌락을 그가 부도덕하고 타락한 혁명가, 죽어야 할 인물이라는 증거로 내세운다.

1789년 7월, 혁명이 일어나자 코르들리에 지구 시민군에 가담한 당통은 코르들리에 클럽과 자코뱅 클럽에서 두각을 나타냈다. 그는 1791년 6월 루이 16세의 프랑스 탈출 기도 사건으로 생겨난 위기 속에서 혁명 운동의 중심인물로 부각되었다. 1792년 봄 프랑스가 오스트리아와 프로이센에 선전 포고를 하면서 위험에 처하자 당통은 국민의 권리 옹호자 역할을 했다. 그리고 장군이자 왕의 고문인 라파예트 후작이 지위를 이용해 정치 놀음을 하고 있다고 공격했다. 당통은 8월 10일에 폭동을 일으킨 후 입법의회에서 법무장관으로 선출되었다. 8월 25일 유럽 동맹군이 프랑스를 침입하여 롱위가 점령되고, 9월 2일 베르됭이 포위되었을 때 당통은 입법의회에서 "조국의 적들을 물리치기 위해 우리에게는 용기가 필요하다. 더 많은 용기가, 언제나 적과 맞서 싸울 그런 용기가 필요하다. 그래야만 프랑스는 살아남을 수 있다."라고 연설했다.

당통이 이러한 연설을 하는 동안 감옥에서 9월 학살이 일어났기 때문에 온건 혁명 세력인 지롱드파는 그 책임을 당통에게 돌렸다. 9월 6일 당통은 파리를 대표해 국민공회 의원이 되었고, 여러 혁명 세력들 사이의 싸움을 끝내기 위해 온갖 노력을 다했지만 결실을 맺지 못했다. 루이 16세의 재판 때 당통은 왕을 살려 줄 생각으로 뒤무리에 장군과 공모해 영국 정부의 개입을 유도하려 했지만 계획이 실패하자 왕의 사형 집행에 찬성할 수밖에 없었다.

1793년 4월 7일 당통은 공안위원회 위원이 되었다가 7월 10일 임기가 끝나 물러난 후 점차 온건한 입장을 취했다. 그는 에베르와 코르들리에 클럽 동료들이 국민의 지지를 받으며 주도하던 급진적 계획, 즉 극단적인 테러와 계속적인 전쟁에 반대했다. 당통은 1793년 12월 1일 급진주의자들에게 그들의 역할은 끝났다고 말함으로써 자신의 온건 노선을 뚜렷이 했다. 이때부터 그는 본인 뜻과는 상관없이 온건파의 지도자로 여겨졌다.

1793년 겨울이 끝나 가면서 식량 위기가 닥치자 경제 통제 강화를 요구하는 코르들리에 클럽의 선전 활동이 민중의 열렬한 지지를 받았고, 에베르파는 식량 위기를 빌미로 민중 폭동을 부추기며 공안위원회를 자극했다. 로베스피에르가 이끄는 혁명 정부는 온건한 당통파와 과격한 에베르파 사이에서 중도적 입장을 유지하려고 노력했다. 하지만 당통파의 정책은 에베르파의 극단적인 공포 정치, 최고 가격제 강화, 철저한 주전론과 상반되었다. 또한 당통이 주도한 온건파는 카미유 데물랭을 대변인으로 내세워 기관지 《르 비외 코르들리에》를 통해, 에베르파가 실행한 비기독교화 운동을 격렬하게 비난했다.

반면 공포 정치의 조속한 시행을 요구한 에베르와 모모로가 중심이 된 코르들리에 클럽은 기관지 《르 페르 뒤셴》을 통해 당통파의 온건한 정책을 비판하고 이들의 제거를 요구했다. 결국 심각한 위험을 느낀 혁명 정부는 지금까지의 모호한 태도를 버리고 1794년 에베르를 비롯한 초과격파를 숙청했다. 이처럼 공안위원회가 에베르파를 제거하자 당통파는 한동안 자신의 시기가 왔다고 생각해, 공안위원회의 정책을 비난하면서 공포 정치로 불안해하던 세력들을 관용파로 끌어들이려 했다. 이들은 로베스피에르의 공포 정치와 혁명 정부의 모든 정책에 도전하면서, 반체제 세력들에게 희망을 주었다. 로베스피에르의 혁명 정부는 온갖 수단을 써서 온건파의 압력을 견뎌 내며 압도당하지 않으려고 노력했다.

이처럼 당통의 관용파는 혁명 정부에 대한 압력을 강화했지만, 정부는 온건 우파에게도 자리를 내줄 생각이 전혀 없었다. 당통은 여러 차례 생명의 위협을 받았지만 "나한테 감히 그런 짓을 못 할 것이다."라고 말하며 두려워하지 않았다. 그러나 그는 1794년 3월 29일과 30일 사이 한밤중에 동료들과 함께 체포당하고 말았다. 혁명재판소 앞에 나아가 "더 이상 나 자신을 변호하지 않겠다. 내게 죽음을 내려라. 그러면 영광스럽게 잠들겠다."라고 외친 당통은 1794년 4월 5일 동료들과 함께 단두대에서 처형당했다. 처형장에서 그는 사형 집행인에게 "내 머리를 시민들에게 보여 주시오. 내 죽음은 그만한 가치가 있으니까."라고 외쳤다.

당통은 19세기 전반기까지 비난을 받았지만 제2제정에 들어와 복권되었고 제3공화국 때는 영웅으로 추앙받았다. 당통이 부자였다는 사실로 미루어 그가 매수당하지 않았나 하는 게 그를 둘러싼 가장 중요한 논란이다. 증거 서류가 없어서 그가 살아 있을 때에는 밝혀지지 않았으나, 당시 사람들은 그가 매수당한 것이 확실하다고 믿었다. 20세기 학자들의 견해는 크게 두 가지로 나뉜다. 하나는 당통이야말로 진정한 민주주의자이자 참된 애국자였다는 것이며, 다른 하나는 그가 혁명을 배반하고 궁정에 자신을 팔아넘긴 양심 없는 정치인이었다는 것이다. 오늘날은 그가 궁정에 정보를 제공했으며 그 대가로 왕실 유지비에서 돈을 받아 썼다는 주장이 대체로 인정된다.

당통은 하층 계급의 지도자였다. 다른 혁명 지도자들과는 달리 그는 혁명적 무산대중이자 과격 공화파인 상퀼로트와 교분을 맺었고 정서를 함께 나눴으며, 관대함과 관용 그리고 힘찬 기백 등으로 사람들을 기쁘게 했다. 이 모든 것 때문에 그는 대중들의 공감을 얻었고, 1792년 여름의 위기 때 혁명을 잘 이끌 수 있었다. 물론 가난에 시달리던 민중이 볼 때 당통파의 사치스럽고 낭비적인 생활 방식에 대한 비판은 타당하고 설득력 있는 것이었다. 하지만 로베스피에르는 공포 정치 외에 어떤 현실적이고 구체적인 대안을 제시하지 못했다. 따라서 그는 민중의 궁핍을 해결할 수 없는 자신의 무력감을 은폐하기 위해 혁명과 자유 그리고 공화국의 권위를 빌려 자신을 그러한 권위와 동일시함으로써 다른 사람들이 대안을 말하지 못하게 했다.

「당통의 죽음」에서 죽음은 한편으로는 당통을 불안하게 하지만, 다른 한편으로는 불안을 해소해 주는 수단이 된다. 당통은 빠른 속도로 아무런 고통 없이 자신을 완전히 이 세상으로

부터 사라지게 하는 '무(無)'에 이르고자 한다. 이전에 당통은 죽음에서 안식을 찾으려고 했지만, 이젠 '무'에서 피난처를 찾기를 희망한다. 그래서 그는 "무가 곧 내 피난처가 될 것입니다."라고 말한다. 왜냐하면 그에게는 "삶이 짐이니" 그는 누군가가 이 짐을 가져갔으면 하고 바라고, "삶의 짐에서 벗어나길 갈망"하기 때문이다. 그러나 한번 존재했던 자아는 결코 '무'가 될 수 없다는 사실을 인정해야만 하므로 당통의 생각은 딜레마에 빠진다.

이처럼 살과 피를 지닌 인간 개체의 본성을 내세우는 당통과 달리 로베스피에르는 자신의 혁명적 이념인 미덕을 앞세움으로써 인간의 자연적 본성을 멀리한다. 그렇지만 뷔히너는 1막 6장에서 로베스피에르가 잠시나마 솔직하게 자기를 성찰하는 모습을 보여 준다. 이 순간 그는 권력에 굶주린 독재자가 아닌 '살과 피'가 있는 인간의 면모를 보이는 동시에, 자신의 폐쇄적인 이데올로기에 대한 자기비판을 허용한다. 이런 점에서 뷔히너는 로베스피에르를 단순히 부정적인 인물로만 그리지는 않는다. 반면 그를 다시 이데올로기 속으로 몰아넣으며 결단을 강요하는 생쥐스트야말로 이데올로기가 그대로 육화(肉化)된 처형 도구로 그려진다.

결국 로베스피에르와 생쥐스트 모두 민중의 궁핍 해소에는 관심이 없고, 오직 공포를 이용해 사회를 변혁하려 한다. 또한 그들에게 중요한 것은 공화국 시민의 자유가 아니라, 죄지은 인류를 쇄신하기 위해 무제한의 폭력을 사용할 수 있는, 자신들의 독점적인 자유다. 그러나 로베스피에르가 미덕을 통해 공포를 정당화하기 위해 자연, 즉 본성을 억압하는 것과는 달리, 생쥐스트는 악마적이고 파괴적인 자연의 폭력을 찬미하며, 자연 과학적 토대 위에서 혁명의 근본 원칙을 펼친다. 그는 이러한 파괴적 자연의 대변자임을 자처한다. 그리고 자신의 폭력을 자연의 폭력과 동일시하고 공포 정치를 정당화하며 이에 복종하라고 사람들을 강요하고 협박한다.

실제 역사 속 생쥐스트는 1794년 3월의 법령을 제정함으로써, 반혁명 혐의로 투옥된 인사들의 재산을 몰수하여 극빈한 애국자들에게 보상하는 획기적인 경제 조치를 추진하려 했다. 이런 조치는 민중의 요구에 부합하고 환영받을 일이기는 했으나 실제로 효과가 나타나려면 긴 시간이 흘러야 했던 만큼 시각을 다투는 긴박한 상황에서는 적절하지 않았다. 또한 제대로 시행되지 않았기에 생쥐스트의 원래 의도와는 달리 당시의 극심한 식량 위기를 해결하지는 못했다. 반면 「당통의 죽음」에 등장하는 생쥐스트는 혁명의 최우선 과제인 민중의 궁핍 해소에 대해선 아무런 해결책도 제시하지 않고, 오직 혁명의 적에 대한 무차별적인 숙청만을 공표하는 철저한 혁명 이데올로기의 화신이자 냉혹한 권력 추구자로 묘사된다.

로베스피에르는 도덕적으로, 생쥐스트는 자연 과학적으로 논증한다. 로베스피에르는 1막 6장에서 순간적으로나마 '사형 집행인의 고통'을 느끼긴 하지만, 생쥐스트는 살인을 자연 법칙에 따른 인류 발전의 위대한 사건으로 정당화한다. 추상적인 이데올로기의 냉혹한 구현 도구인 그에게는 당통과 로베스피에르와는 달리 인간적인 내면, 즉 양심이 없다. 그는 집단 학살을 자연과 역사의 자연스러운 과정으로 보기에 개인적인 괴로움이나 갈등을 느낄 필요가 없다. 그는 학살에 대한 모든 책임을 외적 필연성, 즉 자연법칙과 역사 법칙에 돌림으로써 개인적 책임을 면제받으려 한다. 이런 그의 행동은 철저히 비인간적이다. 그는 인간을 생명이 없는 자연과 동일시함으로써 인간을 사물로 만든다. 그에게 괴로움, 양심의 가책, 죄책감, 책임 의식 같은 인간적인 범주는 존재하지 않는다. 로베스피에르는 혁명 강령의 원칙만 알리고, 원칙의 구체적인 실행은 공안위원회 위원들에게 위임한다. 반면 생쥐스트는 혁명 이념을 알리는 동시에 몸소 실행함으로써 실질적으로 공포 정치의 주체 역할을 한다. 하지만 생쥐스트는 민중이 당통과 터놓고 말을 주고받으며 친근한 유대를 맺는 것을 목격한 뒤 민중이 당통을 지지할까 봐 겁낸다.

뷔히너도 생쥐스트처럼 폭력을 통한 혁명의 필연성에 공감하는 혁명가였다. 하지만 그는 민중의 궁핍 해결을 혁명이 해결해야 할 가장 시급한 문제로 보았다. 그러므로 그는 「당통의 죽음」에서 이런 문제를 외면하고 정적 제거와 권력 유지를 위해 무차별적인 대량 살상을 자행하는 생쥐스트의 독선적 태도를 비판한다. 폐쇄적이고 일방적인 이데올로기가 지배하는 사회는 인간 해방과 열린 대화의 가능성을 항상 방해하고 억압하기 때문이다.

2013년 2월

홍성광

작가 연보

1813년   10월 17일 헤센 공국의 고데라우에서 4남 2녀 중 장남으로 출생.

1816년   지방 의사였던 아버지가 다름슈타트 공의(公醫) 시보로 부임하면서 가족이 다름슈타트로 이주. 얼마 후 아버지는 공의로 진급. 어머니로부터 처음 교육 받기 시작.

1821년   어머니로부터 초등 교육을 받기 시작.

1822년   카를 바이터스하우젠 박사가 운영하는 사립 학교에 입학하여 1825년 3월 25일까지 수학.

1823년   3월 25일 학교 축제일을 맞아 '과일을 먹을 때는 주의하세요!'라는 라틴어 글을 처음으로 공식 석상에서 낭독.

1825년   3월 26일 다름슈타트 김나지움에 편입. 이곳에서 호메로스, 셰익스피어, 괴테, 장 파울, 민속 문학 및 고전시와 낭만시를 읽음. 피히테에 관심을 갖고 자유주의적이고 민주주의적인 참여 의식을 공고히 다짐.

1827년   크리스마스를 맞이하여 아버지에게 헌시(獻詩).

1828년   크리스마스를 맞이하여 부모에게 헌시(獻詩).

1830년   9월 29일 김나지움 축제에서 '자살에 대하여'와 '우티카의 카토를 옹호하는 연설' 발표.

1831년   3월 30일 김나지움 졸업식을 맞아 라틴어 글 '메네니우스 아그리파' 발표. 11월 9일 스트라스부르 대학교 의학부에 등록. 12월 4일 스트라스부르의 정치적인 대학생 단체와 접촉.

1832년   5월 24일 오이게니아라는 대학생 조합에서 독일 정치 상황에 대해 강연. 8~10월 다름슈타트에서 방학을 보냄.

1833년   4월 2일 프랑크푸르트에서 폭동 발생. 6월 부모에게 "제가 기센의 옹졸한 정치에는 끼어들지 않으리라는 것을 부모님께서는 예측하실 수 있을 겁니다."라고 편지를 보냄. 7월 스트라스부르를 떠나 헤센으로 되돌아감. 목사 요한 야콥 예글레의 딸 빌헬미네(민나) 예글레와 약혼. 10월 31일 기센 대학교 의학부에 등록. 11월 약혼자와 떨어져 마음에 들지 않는 곳에 살면서 우울증에 시달리고 뇌막염에 걸림.

1834년   1월 초 다시 기센으로 감. 부르주아적인 반체제 인사 프리드리히 루트비히 바이디히와 만남. 3월 기센 인권협회 조직. 3월 말 「헤센 급전」 집필. 4월 인권협회 다름슈타트 지부 창설. 약혼녀 예글레를 만나기 위해 스트라스부르로 향함. 7월 정치 소책자 「헤센 급전」 인쇄. 바덴부르크에서 오버헤센의 혁명가들과 모임. 8월 카를 폰 미네게로데가 전단 150부를 소지한 채 체포됨. 동료들에게 위험을 알리기 위해 기센을 떠나 오펜바흐와 프랑크푸르트를 다녀옴. 아버지의 지시로 9월부터 다름슈타트의 부모 집에 머무름. 10월 약혼녀가 뷔히너의 부모를 방문.

1835년   1월 오펜바흐와 프리트베르크에서 예비 판사에게 심문받음. 1월 말 「당통의 죽음」 집필. 2월 말 「당통의 죽음」 탈고. 원고를 출판업자 요한 자우어랜더와 독일 낭만파 작가 카를 구츠코에게 발송. 3월 9일 체포를 피해 프랑스 국경을 넘어 스트라스부르로 도주. 6월 13일 뷔히너의 지명 수배장이 나붙음. 7월 말 프랑크푸르트에서 「당통의 죽음」 출간. 여름~가을, 카를 구츠코의 권유로 빅토르 위고의 희곡 「루크레치아 보르자」와 「메리 튜더」 번역. 가을, 중편 소설 『렌츠』 집필. 겨울, 어류(돌잉어) 신경 조직 연구.

1836년   4월 13일, 4월 20일, 5월 4일 스트라스부르 자연사 협회에서 세 차례에 걸쳐 물고기 신경 조직에 관한 연구 결과 발표. 봄~가을, 희극 「레옹스와 레나」

집필. 여름,「물고기의 신경 조직에 관하여」라는 논문으로 취리히 대학교 철학부에서 박사 학위 취득. 10월 18일 스위스 취리히로 감. 11월 초 취리히 대학교 강사로 임용되어 '두개골 신경에 관하여'라는 주제로 시범 강의. 겨울,「보이체크」집필. 겨울 학기에 최초이자 마지막 강의. 어류와 양서류 비교 해부학을 다루었고 제목은 '동물해부학 실습'.

1837년 1월 중순 감기로 강의 중단. 2월 2일 티푸스 증상 나타남. 2월 17일 약혼녀가 찾아와 열병에 걸린 뷔히너와 대화. 2월 19일 오후 3시 30분 약혼녀 예글레가 보는 가운데 사망. 2월 21일 취리히 첼트베르크의 크라우트가르텐 공동묘지에 묻힘.

1875년 7월 4일 취리히베르크의 게르마니아휘겔로 이장.

1895년 5월 막스 할베의 주선으로 뮌헨의 작가와 문학 동호인들이 에른스트 폰 볼초겐의 연출 하에「레옹스와 레나」초연.

1902년 베를린 자유 민중무대에 의해「당통의 죽음」초연.

1913년 11월 8일 뮌헨 레지덴츠 극장에서「보이체크」초연.

세계문학전집 **309**

보이체크·당통의 죽음

1판 1쇄 펴냄 2013년 2월 8일
1판 10쇄 펴냄 2023년 6월 12일

지은이 게오르크 뷔히너
옮긴이 홍성광
발행인 박근섭, 박상준
펴낸곳 (주)민음사

출판등록 1966. 5. 19. (제 16-490호)
서울특별시 강남구 도산대로1길 62(신사동) 강남출판문화센터 5층 (우편번호 06027)
대표전화 02-515-2000 팩시밀리 02-515-2007
www.minumsa.com

© 홍성광, 2013. Printed in Seoul, Korea

ISBN 978-89-374-6309-9 04800
ISBN 978-89-374-6000-5 (세트)

세계문학전집 목록

세계문학전집은 계속 간행됩니다.